SYMPHONIE PASTORALE

HUGUES DOURIAUX

SYMPHONIE PASTORALE

PANIK

FLEUVE NOIR

Collection dirigée
par Philippe HUPP

ISBN : 2-265-04863-1
ISSN : 0768-3014

A René Pointud

L'être...

Sa patience était infinie. Il avait traversé le temps, l'espace, mais il ignorait ce qu'était le temps, ce qu'était l'espace. Son entendement n'appréhendait pas de telles notions.

L'être n'était pas intelligent. Il était DIFFÉRENT... Invisible et pourtant aussi réel qu'un arbre ou un caillou. Infiniment maléfique.

L'être n'était qu'instinct. Un instinct de survie, d'existence. Une force qui guidait chacune des étincelles d'existence qui l'animaient.

L'être avait voyagé au sein d'immensités qui dépassaient la notion d'infini. Il venait des plus lointaines galaxies, et pourtant il se trouvait là depuis l'aube des âges.

Il attendait...

Il attendait obscurément. Il savait qu'il s'incarnerait un jour. Fatalement.

Et ce jour était arrivé. L'être le savait sans que rien le lui affirme. Aucun frémissement de ce qui aurait pu lui servir d'esprit. Aucune pensée cohérente. Une simple satisfaction de ses cellules immatérielles. Une exaltation.

Satisfaction, exaltation n'avaient aucun sens pour l'être. Mais son psychisme rudimentaire captait tout ce qui se passait autour de lui, et s'il avait pu aimer, il aurait crié son amour à la créature qui lui était destinée depuis toujours.

Mais l'être ne savait pas aimer. Il ne savait que prendre.

Et détruire...

CHAPITRE PREMIER

C'était une région de plaines, de marais et de forêts. Une région de fermes éparpillées le long de routes et dc chemins creusés d'ornières profondes, que l'automne rendait boueux et l'été durs comme du béton. C'était une région de maïs et de poulets blancs qui couraient dans les pâtures, de vols de pigeons et de corbeaux. De buses aussi. « Les charognes ! », grommelaient les paysans en regrettant qu'elles soient désormais protégées.

C'était la Bresse, que d'aucuns trouvent plate, humide, si monotone à côté des collines de la Bourgogne, recouvertes de vignes, qui commençaient au-delà de la Saône.

C'était le pays de René Mathy...

Le René Mathy, c'était un drôle de bonhomme, avec sa patte gauche plus courte que la droite, son grand nez tordu, sa bouche toujours entrouverte sur des dents jaunes que le déchaussement allongeait, et qui faisaient ressortir son menton en galoche et ses petits yeux jaunes fuyants.

On ne savait pas au juste pourquoi il était bancal, le René Mathy ! On disait qu'il était passé sous la roue d'un char à bancs quand il était gamin. On disait qu'il avait été blessé en Algérie. On disait n'importe quoi... Et dans son dos, on disait qu'il s'était tout bêtement cassé la gueule dans l'escalier de sa bicoque, un soir qu'il était fin soûl. C'était sûrement la vérité vraie, parce que la picole, il connaissait, René Mathy. Déjà du temps de sa jeunesse il passait ses dimanches à écluser des canons de blanc au bistrot, même qu'il avait une descente qui rendait jaloux ses copains. Avec la cinquantaine, il avait viré à l'alcoolisme pur et dur. Dès qu'il avait un moment, il allait chez le Georges Leclerc, il s'asseyait à sa table, à côté du comptoir, et il sortait son paquet de tabac gris, son papier à cigarettes, sa machine pour les rouler. Sans qu'on lui demande rien, le Georges lui apportait sa topette d'aligoté. Dans ses bons jours, il pouvait s'en siffler cinq, le René Mathy! Il buvait, il fumait et, jusqu'à sa troisième chopine, il faisait la causette aux autres consommateurs. Mais après la troisième, il se retrouvait seul à picoler, en marmonnant des soliloques entrecoupés de grognements, de rires sonores et d'invectives obscures, ponctués de brusques hochements de tête et de violents coups de poing sur la table.

Au village, tout le monde était d'accord : René Mathy n'était vraiment qu'un pauvre con imbibé.

Pour l'heure, René Mathy ne se trouvait pas au bistrot et il était relativement clair. C'est-à-dire qu'il n'avait bu qu'un bol de café arrosé au marc moitié-moitié, avec du pain sec et un morceau de lard. C'était là son petit déjeuner. Le même depuis des décennies, et qui le mettait en forme.

René Mathy marchait lentement le long d'une allée mal empierrée, l'allée numéro 6, qui traversait la forêt du Beau-Cry pour aller se perdre dans les roselières qui bordaient l'étang des Brêmes. Il allait de son pas heurté, les mains enfoncées dans les poches de sa veste de velours côtelé dont la couleur avait disparu depuis belle lurette sous les assauts de la boue et de la poussière.

— Titus, charogne! appela soudain Mathy. Viens là!

Le bâtard de fox-terrier et d'épagneul qui trottinait vingt pas devant son maître, la truffe curieuse, s'arrêta net et, docile, revint au pied. Sans que Mathy ait eu à en lui donner l'ordre, il s'assit et, dressant les oreilles, il attendit, un œil sur le patron.

René Mathy suçotait un débris de viande coincé entre deux caries et ça faisait un petit bruit désagréable. C'était le signe qu'il réfléchissait. Intensément.

Mathy contemplait une coulée qui s'enfonçait dans le sous-bois. Il était capable, rien qu'en jugeant de l'écartement des herbes, de dire à quel moment de la nuit le chevreuil était passé, et la taille de la bête. Un brocard. Un beau...

Les yeux de René Mathy s'étaient mis à briller. Hormis le vin, l'homme avait une passion dévorante : la chasse. Ou plus exactement le braconnage. Jamais René Mathy n'avait sollicité de l'administration l'obtention d'un permis, ce qui ne l'avait jamais empêché de procéder à des hécatombes de lapins — avant la myxomatose — ou de lièvres et de perdreaux — quand on ne foutait pas des bordels de pesticides dans les champs pour faire tout crever !

Avec l'âge, il s'était un peu calmé. D'abord parce que du gibier, il y en avait de moins en moins. Ensuite parce que le garde et lieutenant de louveterie, François Monin, le tenait à l'œil. Une fois, il l'avait coincé. Il ne l'avait pas mené à la gendarmerie. Pas la peine... Il lui avait flanqué la dérouillée de sa vie. Une vraie armoire bressane ce François Monin ! René Mathy s'en souvenait. Depuis, il était devenu prudent.

Pourtant, ce chevreuil, il aurait bien aimé lui flanquer un coup de sept. Impossible, puisqu'il n'avait pas son fusil[1]. Mais il pouvait toujours le pister un bout de chemin. Il n'avait pas son pareil pour suivre une piste, René Mathy !

— Amène-toi, charogne !

Le chien avait bien entendu pris l'émanation du pied du chevreuil. Il leva un œil étonné vers son maître. Il n'avait guère l'habitude de suivre de telles pistes. Son maître, c'était plutôt le petit gibier, les bécasses en novembre. Mais il n'allait pas laisser passer l'aubaine !

1. Du plomb numéro 7, interdit pour le tir au chevreuil, qui ne se fait qu'à balle.

Reniflant et geignant d'excitation, il s'enfonça dans la coulée, sur la trace du chevreuil, mais trop bien dressé pour précéder Mathy de plus de quelques mètres.

Malgré sa claudication, René Mathy savait se déplacer sous le couvert avec une souplesse et une rapidité que bien des jeunes chasseurs auraient pu lui envier. Ses pieds se posaient sur la mousse sans faire craquer la moindre brindille. Et surtout, son regard voyait tout. Rien ne lui échappait. Ni ce petit caillou retourné par le sabot du brocard, ni cette touffe de poils accrochée à des épines, ni cette branchette que les dents de l'animal avaient amputée de ses jeunes et tendres rameaux.

A plusieurs reprises, Mathy s'arrêta pour prendre le vent. Un vent d'orage, irrégulier. Le chevreuil l'éventerait et filerait bien avant qu'il puisse le surprendre. Mais bah… Si Mathy le pistait, c'était surtout pour la beauté du geste et l'amour de la nature. Car cet ivrogne, à sa façon, aimait sa forêt bressane. On l'eût sans doute fait ricaner en le lui affirmant, mais c'était ainsi.

Durant une bonne heure, René Mathy, précédé par Titus, s'enfonça au cœur de la forêt du Beau-Cry. Il jugea qu'il s'éloignait de l'étang des Brêmes et que s'il continuait dans cette direction, il déboucherait sur la voie de chemin de fer qui bordait le massif boisé. Le chevreuil l'avait sans doute traversée, surtout que la période du rut n'était pas terminée et que ces foutus bestiaux faisaient du chemin pour aller renifler le cul d'une chevrette !

Brusquement tiré de ses pensées, René Mathy s'arrêta. Il fronça les sourcils. Titus marquait l'arrêt vingt pas devant lui, à l'orée d'un taillis épais. Instinctivement, Mathy se fondit dans l'ombre d'un petit chêne. Son cœur s'accéléra. Quelque chose ne collait pas. Il connaissait bien son chien. Rien qu'en le regardant faire, il savait s'il arrêtait sur un lièvre au gîte, un faisan ou un lapin. Mais là… Bon Dieu, on aurait dit qu'il avait la trouille, le Titus ! Son arrière-train était affaissé, sa queue plaquée à son cul, ses oreilles à son crâne. L'échine tout hérissée.

— Qu'est-ce que t'as vu ? murmura René Mathy.

Il s'avança, à la fois plein de curiosité et de méfiance. Un sanglier ? C'était possible, même s'il n'y en avait pas trop dans la région. C'est pour le coup que Mathy regrettait de ne pas avoir emporté son fusil. Un cochon, ça faisait un sacré bout de temps qu'il en avait pas tapé un !

René Mathy s'arrêta derrière son chien. Pas de doute, l'animal avait peur. Il poussait de petits gémissements plaintifs, et il se serra contre sa jambe. Peu tendre, Mathy le repoussa.

— Va ! ordonna-t-il. Là ! Là !

C'était le commandement rituel pour que le chien pousse l'animal arrêté. D'ordinaire, à cette injonction, Titus bondissait comme une balle et, dans la seconde, faisait démarrer le lièvre ou s'envoler le faisan. Mais cette fois, au lieu d'obéir, il se plaqua au sol et son gémissement se fit plus aigu. Mathy le considéra, stupéfait, puis regarda le sombre roncier. Les chênes noueux semblaient monter à l'assaut du ciel. Dans cette partie de la forêt, on aurait pu se croire au crépuscule. Quelque chose d'inconnu prit l'homme à la gorge, quelque chose qui dépassait son entendement obscurci, confit par l'alcool, et qu'il mit de longues secondes à reconnaître. *La peur...*

René Mathy n'avait jamais peur. Tout simplement parce qu'il manquait trop d'imagination pour ça. Mais tout à coup, son ventre lui parut creux, sa bouche se dessécha et ses mains devinrent moites.

— Nom de Dieu de bordel ! jura l'ivrogne.

Il avait peur, oui. Mais il était surtout surpris d'avoir peur. Et vexé. Cette forêt, il la parcourait de long en large depuis son enfance. Il la connaissait par cœur. On ne pouvait pas la redouter. Et cré bon Dieu, il savait pas ce qui se cachait là, mais, nom d'une charogne, il allait bien voir !

Maugréant dans ses chicots, donnant au passage un coup de pied méprisant à Titus qui pissait sous lui de trouille, René Mathy écarta une ronce et s'enfonça dans le taillis.

Et il ne reconnut plus sa forêt...

L'être avait perçu l'approche de sa proie longtemps à l'avance. Il en avait éprouvé une étrange sensation, un frémissement de chacune de ses fibres immatérielles qui aurait pu se traduire par le mot « plaisir ». Le plaisir de pressentir que son attente infinie touchait à sa fin, qu'il allait pouvoir effectuer sa mue.

Comme si la lente approche de sa victime potentielle aiguisait sa perception du décor qui l'entourait, l'être comprit qu'il se trouvait en un lieu bien différent de ceux que sa mémoire génétique lui rappelait. Mais ça n'avait aucune importance. Ce lieu lui était favorable. La présence d'une proie en était la preuve.

Pourtant, durant un instant, l'être ressentit de l'indécision. Sa proie semblait être dédoublée. L'une, puissante, émettait de fortes vibrations, et venait droit dans sa direction. L'autre, plus éloignée, plus fruste, émettait des ondes négatives, désagréables. L'être résolut de la mépriser pour se consacrer à la première. Avec elle, la mue s'accomplirait pleinement. La vie serait belle et bonne...

La « Vie »... Cette notion avait fulguré à travers l'entendement de l'être, et il l'avait tout à fait saisie. Des rémanences montèrent en lui.

Mais l'être abandonna aussitôt cette supputation abstraite. La proie approchait, elle était là. Ces branches (branches ?) vertes (vertes ?) qui le surplombaient (surplombaient ?) bougeaient doucement...

L'être s'éleva brusquement et plongea sur sa proie, dans un rugissement silencieux et féroce.

René Mathy trébucha sans avoir heurté la moindre souche. Il tomba à genoux, proféra un juron avorté... Il y avait dans sa tête des éclairs violents. Une souffrance le traversa, plus aiguë que mille coups de bâton — mille fois plus aiguë — et puis...

Rien.

Titus, qui suivait son maître en couinant de terreur,

s'était tapi sur le sol, la gueule ouverte, les poils dressés le long de l'échine. Un moment passa. Il regardait fixement le corps allongé, immobile, devant lui. Son maître… Son MAITRE… ? Confusément, dans son cerveau animal, le chien Titus savait que cette créature N'ÉTAIT PLUS son maître. Il ne pouvait savoir, ni même appréhender ce que c'était. Mais tout son instinct lui hurlait qu'elle était dangereuse, mortelle. Pourtant Titus ne bougeait pas. Son dressage l'enchaînait à l'apparence charnelle de René Mathy. L'esclave ne pouvait fuir…

La créature bougea, remua maladroitement, poussa un cri rauque étranglé. Elle se retourna, bavante et darda le regard de ses yeux morts sur le chien.

C'en fut trop pour Titus. Épouvanté, le chien se redressa et, faisant demi-tour, retraversa le taillis comme une flèche, la queue collée à l'arrière-train, la gueule grande ouverte.

Titus déboula sur l'allée numéro 6, courant comme il n'avait jamais couru de sa vie de chien, même derrière un lièvre détalant.

Il courut ainsi pendant près d'un kilomètre et arriva à la croisée des allées où passait la route départementale. Talonné par l'épouvante, il traversa de biais le carrefour et l'aile avant gauche de la vieille 404 du père Moreau, le boucher retraité, le cueillit de plein fouet, lui brisant l'échine et l'envoyant bouler, dans un glapissement d'agonie, à plus de trente mètres.

L'être perçut la disparition de sa proie avec dépit. Mais il n'avait pas encore très faim. Il se sentait bien, sous sa nouvelle apparence. Il résolut de se suspendre, de cesser d'exister pendant un temps. (Temps? Ça aussi, c'était nouveau.)

Plus tard… Plus tard…

CHAPITRE II

— A la soupe!

L'épagneul breton et le setter anglais interrompirent leur jeu et, traversant au grand galop le vaste jardin, s'approchèrent du garage où Robert Matthieu les appelait, une gamelle dans chaque main. Frétillants, l'un de son moignon de queue roux, l'autre de son long panache blanc tacheté de noir, les deux chiens se mirent à sauter sur place d'impatience.

— Du calme! leur cria Matthieu. Il y en aura pour tout le monde!

Il déposa les gamelles contre le mur du garage, à côté de l'auge qu'il venait de remplir d'eau fraîche. Le setter et l'épagneul se jetèrent sur leur pâtée, comme si leur existence immédiate en dépendait, à grands renforts de grognements de satisfaction et de rots mal étouffés.

— Ils ont faim, hein, papy! observa Jennifer.

Robert Matthieu se tourna vers sa petite-fille, la regarda un instant avec attention, comme s'il la découvrait. C'était un peu ça, du reste. Il la redécouvrait chaque fois qu'elle venait passer ses vacances d'été chez lui. Le reste du temps, elle vivait à Paris, avec sa mère. Mais il y avait eu cet horrible drame. Le père de Jennifer tué dans un accident. Et Marie-Paule obligée de partir à Tokyo pour son travail. (Une chance pour elle, dans un sens. La seule façon de surmonter le coup dur.) Alors c'était lui, papy, qui héritait de la petite, pour plusieurs mois. Il en était fou de bonheur, à côté du chagrin d'avoir perdu un gendre estimé et de savoir Marie-Paule loin, si loin. Jennifer était une adorable blondinette, qui paraissait plus que ses onze ans et lorsque son regard vert et limpide se teintait de mélancolie, Robert Matthieu sentait son cœur fondre dans sa poitrine. Une année avec elle ! Ce serait la plus belle année de sa vie !

— Ils ont toujours faim, répondit Matthieu. Ce sont...

— ... Des tubes digestifs montés sur quatre pattes ! compléta triomphalement Jennifer, selon ce qui leur était devenu un rite verbal.

Matthieu éclata de rire et, se penchant, vrilla un index à l'ongle maculé de boue séchée dans le nombril nu de la fillette.

— Et toi, tu n'es pas un tube digestif monté sur deux jambes ?

Jennifer éclata de rire à son tour. A la campagne, chez papy, elle dévorait et c'était pour Robert Matthieu une source de joie supplémentaire. Rien ne le réjouissait autant que de la voir engloutir les nourritures rustiques qu'il lui confectionnait.

— Tu vas donner à manger aux lapins ? demanda l'enfant.

— Bien sûr. Mais ce ne sont pas des lapins. Ce sont des lièvres !

Jennifer eut une petite moue. Lapins, lièvres... Pour cette petite citadine, ce que papy élevait dans de grandes cages, au fond du jardin, représentait de toute façon des animaux fascinants, si différents et tellement plus vivants que leurs effigies dans les livres ou leurs caricatures dans les dessins animés à la télé !

— On va les voir, papy ?

— Marche ! Je te suis... Le temps de chercher leurs granulés !

Jennifer poussa un cri de joie et détala en direction des cages. Matthieu suivit du regard sa silhouette juvénile. Cette gredine ne portait qu'un slip de bain à l'élastique relâché, ce qui dénudait toujours la moitié de son adorable petite raie des fesses ! Un instant, Robert Matthieu se demanda si sa petite-fille courrait dans la même tenue à travers son jardin quand elle aurait quelques années de plus. C'est pour le coup qu'il y aurait la révolution au bourg ! Il se mit à rire. Mais sa gaieté baissa d'un cran. Dans quelques années, Jennifer ne voudrait peut-être plus passer ses vacances chez son papy. Dans quelques années, elle aurait un petit ami, elle irait à l'université. Elle pourrait même être mariée... Et lui-même, dans quelques années, serait-il encore là ? Il arrivait à un âge où l'on n'osait plus tellement faire des prévisions à long terme.

Robert Matthieu avait soixante-sept ans. C'était un homme sec, à la silhouette mince, et bien des hommes de dix ans ses cadets lui envieraient sa forme. Veuf depuis dix ans, il vivait seul dans sa grande maison un peu à l'écart du bourg, au pied du vignoble, partageant son temps entre son potager, son élevage de lièvres, ses chiens, la cueillette des champignons et la chasse. Car avant tout, Robert Matthieu, commissaire de police en retraite, était un chasseur. Il l'avait toujours été, considérant aussi son métier comme une longue chasse. Il avait éprouvé du plaisir à déjouer les ruses des criminels, comme il déjouait aujourd'hui les ruses du gibier. Pendant près de quarante ans, il avait employé son goût du raisonnement et de la déduction à résoudre des affaires criminelles. Il l'employait désormais à traquer le lièvre, le sanglier ou la diabolique bécasse. Ric, son épagneul, et Lord, son setter, avaient remplacé les inspecteurs autrefois sous ses ordres.

Robert Matthieu saisit le sac de granulés et, de son pas lent d'homme tranquille rejoignit Jennifer qui dansait devant la cage des lièvres, au grand effroi de ces derniers. Il entreprit de remplir les mangeoires. Subitement calmée, Jennifer l'observait.

— T'es drôle, papy, dit la fillette. Tu donnes à manger à tes lièvres, tu dis que tu les aimes, et puis tu les tues. Pourquoi ?

Robert ne répondit pas tout de suite. Cette question, il

se l'était souvent posée, devant le corps ensanglanté d'un chevreuil ou la beauté éteinte d'un faisan abattu en plein vol. Il se l'était posée avec un goût de cendre dans la bouche… et la sourde satisfaction du meurtre dans le cœur.

— C'est comme ça, ma chérie, répondit-il enfin. Mais tu sais, le mâle et mes trois femelles, on ne les tuera jamais.

— Mais leurs petits, si !

Robert soupira. Jennifer, elle, eut une moue. Il n'essaya pas de la convaincre. Il savait depuis longtemps qu'aucun argument logique ne pouvait justifier la mise à mort gratuite d'animaux sauvages. Mais il savait aussi que l'être humain n'est pas une créature logique.

— On va aussi aller donner à manger aux canards ? demanda Jennifer.

C'était son grand bonheur ! Jennifer était amoureuse des canards sauvages.

— Oui… Ce soir, je vais agrainer. Tu verras, à la fin du jour, l'étang est magnifique. Et des canards, il y en a des centaines !

Jennifer battit des mains et, bondissant comme une gazelle, courut en direction des pieds de tomates, son slip de bain s'obstinant à lui glisser le long du derrière. Matthieu la suivit des yeux. Voir sa petite-fille toute bronzée gambader au milieu de ses salades et de ses planches de haricots verts, lui faisait presque croire à l'existence d'un Dieu de Bonté.

Ce soir serait un beau soir, à regarder voler les canards sauvages au-dessus de l'étang des Brêmes.

*
**

René Mathy avait mal derrière la tête et ça ne le quittait pas. Depuis l'autre jour… il ne savait plus exactement quand. Si ! Depuis le jour où le Claude Moreau, ce con, lui avait écrasé son Titus !

Mathy grinça de ses dents branlantes et resserra ses poings sur le manche de sa fourche. Il grommela de sourdes malédictions à l'encontre de Moreau. René Mathy ne s'était jamais gêné pour botter le cul de Titus, quand son chien lui tapait sur le système, ou quand il avait trop bu — Mathy, pas le chien ! — mais il avait aimé son compagnon. A sa façon bourrue et obscure. L'avoir vu mort, étendu sur le bord de la route avec la gueule ensanglantée, lui avait flanqué un coup. Il avait regardé son Titus sans écouter les excuses de Moreau. Il avait emporté son chien, le serrant sur sa poitrine et, quand il avait été sûr que personne ne pouvait le voir, il avait pleuré.

Puis il l'avait enterré derrière chez lui, et il était allé se soûler au bistrot.

Et puis il s'était mis à avoir mal à la tête...

René Mathy reposa sa fourche, la plantant dans une botte de foin. Il travaillait torse nu et sa peau blanche de poussière était maculée de traînées de sueur. Il alla chercher sa chopine, dans sa veste, et but longuement, à la régalade. Il s'essuya le front, les lèvres, et regarda de l'autre côté de la cour, les enfants Terrier qui jouaient avec le tuyau d'arrosage. Ces fichus gosses braillaient comme des ânes et ça n'arrangeait pas son mal de crâne. Mais il ne pouvait pas les engueuler. Paul Terrier, leur père, était son patron.

— Alors, l'René ! cria une voix jeune. Toujours en train de tirer ta flemme !

René Mathy se retourna, furieux. Il n'était pas en train de tirer sa flemme. Il était en train de travailler. Et dur ! Il s'en envoyait juste un petit avant de continuer. Seulement la garce qui lui criait après, c'était la Nicole, la fille aînée du Paul.

— Sacrée pute..., grommela Mathy entre ses dents.

Elle pouvait bien faire des remarques aux autres, cette salope qui courait après tous les garçons du village, qui traînait les bals et qui portait toujours des habits pour lui mouler le cul et les nichons !

Mais c'était la fille du patron. Alors, sans rien dire, Mathy reprit sa fourche et se remit à son travail. Son mal de tête empirait. Avec une sourde terreur, l'ivrogne se demanda s'il n'allait pas être obligé d'aller voir un docteur. Vingt dieux, ça ne lui était pas arrivé depuis son retour du service militaire !

L'être se sentait bien, mais quelque chose s'éveillait en lui. Son entendement s'affinait. Il percevait, de façon encore rudimentaire, mais plus nette, le milieu où évoluait celui qui était devenu son complémentaire. Ce n'était pas un milieu hostile. Au contraire. Il semblait riche en potentialités évolutives. Sans aucun doute, il pourrait s'y multiplier. La finalité même de l'être était cette multiplication, et la possession d'autres complémentaires. Alors...

Arrivé à ce stade intellectuel, quelque chose se bloqua dans le mécanisme mental de l'être. L'avenir ne lui était pas ouvert. L'être savait, simplement. Il pressentait, attendait. Il devait satisfaire le besoin qui grandissait en lui.

L'être s'éveilla. Il était temps d'agir sur son complémentaire...

René Mathy poussa un cri étranglé. Il lâcha sa fourche et porta ses mains à ses tempes. Le regard fixe, il se dirigea vers l'arrière de la ferme, sa démarche inégale étrangement rapide.

Nicole Terrier le suivit du regard, méprisante. Où allait-il encore, ce vieux soûlot ? sûrement au bistrot !

Pourtant il ne prenait pas la route du village. Il s'en allait par le chemin qui menait à l'étang des Brêmes, à travers la forêt. N'empêche..., il n'avait pas fini son travail. Nicole résolut de rapporter le fait à son père. Peut-être que le vieux se déciderait enfin à flanquer ce sale con à la porte ! Comme beaucoup de jeunes gens, beaux et pétant la santé, Nicole éprouvait une aversion instinctive pour la laideur et l'infirmité...

Et puis elle cessa de penser à René Mathy. Elle entendait sur la route le vrombissement d'une grosse moto et ça lui faisait penser à Jean-Jacques... Jean-Jacques, son petit ami depuis trois semaines... Jean-Jacques avec ses longs cheveux bruns, ses yeux si bleus...

et sa Yamaha Ténéré... Jean-Jacques qui lui faisait de ces trucs...

Riant sous cape, Nicole Terrier traversa la cour de la ferme et se dirigea vers la grange. Arrivée là, elle s'allongea dans le foin et ferma les yeux. C'était pas plus mal, que le René ait foutu le camp. Elle pourrait tranquillement rêver de Jean-Jacques...

***

Robert Matthieu coupa le contact. La Lada Niva 4×4 continua à rouler sur son élan, franchissant deux profondes ornières.

— Dis donc, elle secoue, ta bagnole, papy ! s'écria Jennifer.

Matthieu sourit. Peu de temps auparavant, Jennifer avait décrété « qu'elle n'aimait pas sa voiture russe et que les japonaises, c'était mieux ». Jugement sans appel. N'empêche, elle adorait que son papy l'emmène faire du tout-terrain dans les bois.

Robert Matthieu gara sa voiture sur le bord du chemin.

— Ne fais pas de bruit, dit-il à sa petite-fille. Ou les canards vont s'envoler.

Jennifer acquiesça. Ils descendirent, refermèrent les portières de la Lada sans les claquer. Robert considéra un instant la fillette. Autant, quand elle se promenait aux trois quarts nue dans son jardin, elle pouvait faire gamine, autant elle devenait jeune fille, vêtue d'un grand sweat-shirt, d'un jean, de hautes bottes, et coiffée d'une casquette de rapeur, la visière sur le côté. En la regardant, Matthieu se disait que cette gosse deviendrait une véritable beauté. Il en ressentait un profond orgueil.

— Viens, lui dit-il.

Marchant lentement et précautionneusement, Robert Matthieu et Jennifer se dirigèrent vers les roseaux qui bordaient l'étang des Brêmes, à une centaine de mètres au bout du chemin. A trente pas du plan d'eau, ils entendirent les canards qui cancanaient. Jennifer sourit largement.

— Ils sont là ! murmura-t-elle.

— Oui. Ils rappellent. Suis-moi...

Robert Matthieu longea l'étang, prenant bien soin de rester dissimulé sous bois, jusqu'à une hutte de planches bâtie au bord de l'eau, près de laquelle une barque était halée au sec. Une profonde odeur d'humus flottait dans l'air, que Jennifer huma avec une petite grimace.

Robert Matthieu prit une clef dans sa poche, ouvrit la porte de la hutte, en sortit plusieurs sacs. Il en chargea un sur son épaule, en tendit un à sa petite-fille et tira le troisième derrière lui.

— Maintenant, suis-moi et ne fais pas de grands gestes.

Matthieu détacha la barque et la poussa dans l'eau. Il chargea les sacs, aida Jennifer à monter. Il sauta à bord, saisit l'aviron posé dans le fond de la petite embarcation, le planta dans la vase et poussa.

La barque sortit des roseaux et Jennifer ne put retenir un petit cri. L'étang était littéralement couvert de canards qui allaient et venaient, cancanant à qui mieux mieux, plongeant, secouant leur derrière.

— Pourquoi ils ne s'envolent pas, papy ? demanda Jennifer.

— Parce qu'ils savent que c'est le jour de la soupe. Et puis la chasse n'est pas ouverte. Quand ils auront essuyé les premiers coups de fusil, ils ne se laisseront plus approcher.

De fait, les colverts restaient à bonne distance de la barque, mais ne montraient aucun signe de panique. Robert Matthieu dirigea adroitement l'esquif en direction d'une plate-forme flottante amarrée à une longue perche, sur laquelle se trouvait un agrainoir. Il accosta et entreprit de déverser le maïs dans la mangeoire, tandis que Jennifer éparpillait du pain sec sur le bois de la plate-forme. Les canards se rapprochaient déjà...

Soudain, Robert Matthieu releva la tête. Une impression bizarre l'avait traversé. Une impression qu'il n'avait plus connue depuis qu'il était en retraite, mais qui l'avait bien souvent accompagné dans sa vie professionnelle.

L'impression d'une *présence*. L'impression d'un danger...

Robert Matthieu se redressa, sourcils froncés, et parcourut du regard l'orée de la forêt, au-delà de l'étendue des roseaux. Il ne vit rien, n'entendit rien. Il haussa les épaules. Pourquoi en aurait-il été autrement ? En cette fin de journée, qui aurait pu se promener sur les berges de l'étang des Brêmes ? Il fallait être trésorier de l'association de chasse dudit étang et avoir des canards à agrainer pour le faire...

Pourtant... Robert Matthieu avait appris à faire confiance à son instinct.

Nerveusement, il reposa son sac dans le fond de la barque et, plantant son aviron dans la vase, il se dirigea vers le second agrainoir, de l'autre côté du plan d'eau.

***

Par l'intermédiaire de son complémentaire, l'être avait perçu l'approche de proies. Ces proies qui lui étaient nécessaires pour qu'il se développe, se multiplie. Qui lui étaient d'autant plus nécessaires qu'il sentait grandir en lui une sourde impatience. Mais les proies étaient restées hors de portée.

L'être s'était rendu compte que son complémentaire n'était pas apte à se saisir d'elles et en avait ressenti une intense frustration. Mais, toujours par l'intermédiaire de son complémentaire, l'être savait où trouver d'autres proies, plus faciles que ces deux-là.

L'être imposa sa volonté à son complémentaire...

René Mathy recula sous le taillis. Ses yeux étaient hagards et un véritable étau lui enserrait les tempes. Il aurait voulu hurler de souffrance. Il devinait confusément que s'il criait, tout irait mieux pour lui. Mais il ne pouvait pas crier. Il se sentait faible, impuissant. En même temps, il débordait d'énergie, de vitalité. Mille désirs informulés brouillaient son cerveau, des images incroyables s'imposaient à lui. Il n'y comprenait rien.

Rien à rien... De toute façon, il était inutile de vouloir comprendre. Il valait mieux obéir, se laisser aller à ces instincts nouveaux qui le poussaient.

René Mathy avait soif. Une soif inextinguible. Une soif qu'il aurait voulu étancher en buvant le sang de Robert Matthieu, — ce vieux flic qui chassait sur la société voisine de la ferme Terrier — et aussi celui de sa gamine.

— J'deviens fou! maugréa René Mathy.

Une lame lui traversa la cervelle. Il tomba à genoux, haletant, se tordit comme s'il allait vomir.

Il ne vomit pas. Il se releva et, tendant les mains devant lui, il se mit à courir à travers bois, en direction du pavillon des chasseurs, de l'autre côté de la croisée des chemins, là où son Titus...

René Mathy courait plus vite qu'il n'avait jamais couru. Plus rien dans son attitude ne trahissait son infirmité, l'état de délabrement physique où des décennies d'alcoolisme l'avaient plongé.

René Mathy n'était plus lui-même...

Il déboucha de la forêt du Beau-Cry et traversa l'immense friche qui la bordait, puis le champ de maïs qui donnait sur la route départementale. A une centaine de mètres s'élevait la vieille grange que les membres de l'association de chasse avaient retapée et transformée en un agréable pavillon où ils se réunissaient tous les week-ends, aux dates d'ouverture.

Derrière ce pavillon, les chasseurs avaient édifié une grande volière. Là, ils élevaient des faisans de tir et des lapins de garenne. C'est vers cette volière que se dirigea René Mathy, à peine essoufflé par sa longue course. Il s'appuya au grillage, se passa la langue sur ses lèvres sèches. La plus grande partie de la volière avait été laissée en herbe haute, et plusieurs nichoirs aménagés abritaient les lapins. Des terriers artificiels, confectionnés avec des tubes de béton à demi enterrés, s'ouvraient çà et là, et les garennes se promenaient, furtifs, apparaissant et disparaissant dans la verdure.

René Mathy agrippa le grillage et, sans le moindre effort, l'arracha de ses fondations cimentées. Son sang gicla de ses mains, mais il n'y fit pas attention. Il se coula sous la clôture, fébrile, le souffle rauque, animal. Titubant, il courut vers un des nichoirs, fit voler la plaque de tôle ondulée qui le couvrait.

Une lapine bondit entre ses pieds. Mais il fut plus rapide. Plus rapide qu'aucun humain n'aurait pu être. Sa main crocha l'animal, l'éleva en l'air. La lapine couina. Un couinement bref. Les vieilles dents de René Mathy s'étaient refermées sur elle.

Un jet rouge gicla sur son menton hérissé de barbe, sur son cou maigre et sur sa poitrine. Une folle frénésie s'empara de Mathy. Grondant, il s'acharna sur le corps qui se débattait désespérément. Il fit craquer les os entre ses mâchoires, avala de grands lambeaux de chair palpitante. Il titubait sur ses jambes comme s'il allait s'écrouler et toujours cette douleur grandissante qui lui vrillait la tête...

René Mathy engloutit plus de la moitié de la carcasse de la lapine, os, peau, chair et tripes. Brusquement, il tomba sur ses genoux, laissa échapper le reste de sa victime. Un frisson le parcourut, à la fois douleur et volupté.

Pendant un long instant, René Mathy resta immobile, indifférent aux mouvements des autres lapins dans l'enclos. Enfin, il se releva. Une grande fatigue l'habitait, mais sa migraine avait diminué. Il aurait voulu se coucher par terre et dormir. Mais il savait qu'il devait fuir, qu'il devait se réfugier chez lui... C'était là qu'il allait prendre des forces, qu'il allait se transformer, muer...

— Bon Dieu de bon Dieu! gémit Mathy en secouant la tête. J'deviens vraiment fou...

Il rampa jusqu'au trou dans la clôture, le franchit en s'écorchant les genoux sur les aspérités métalliques. Il se releva, jeta un bref regard derrière lui et prit en courant la direction de sa masure, derrière la ferme des Terrier.

Nom de Dieu, il avait sacrément besoin d'un bon coup de blanc!

CHAPITRE III

Marie ralentit et déboucha sur l'esplanade devant le manoir. Le camion de l'entrepreneur manœuvrait dans un grand nuage de poussière, qui camouflait les ouvriers et montait jusqu'à la moitié de la haute façade du château de Roche-Lalheue. Au passage, Salem, le grand Marocain, lui fit un petit signe, auquel elle répondit par un sourire. Mais elle ne s'arrêta pas. Elle poursuivit jusqu'aux communs. Marie et sa famille y résidaient pendant les travaux. Elle pensait qu'ils y resteraient longtemps. Avec tous les projets faramineux d'Ed, il faudrait des mois pour que la demeure familiale soit à nouveau habitable.

Marie stoppa sa Golf à l'abri d'un haut buisson de troênes dont les feuilles vernissées étaient maculées de poussière blanche. Elle ne put s'empêcher de couler un regard en direction de l'arbre des fées, de l'autre côté de la pelouse. Le gigantesque tuya lui apparut comme une sombre forêt. Elle réprima un frisson. Elle n'était pas retournée auprès de cet arbre depuis près d'une année. Depuis le drame qui avait déchiré sa vie et qui lui avait fait prendre conscience de sa véritable nature, de celle de sa sœur Jeanne, de celle de son père[1].

Marie était une sorcière, descendante d'une longue lignée frappée par le sort, et son destin était tracé.

1. *Roche-Lalheue*

Marie préférait ne pas y penser. Durant toute cette année, elle avait pu croire revivre normalement. Elle avait repris son travail à la Bouquinerie, en compagnie de Jeanne, et pour le plus grand plaisir de son associé, Émile Chaffier, qui n'avait même plus à faire acte de présence à la librairie. Hasard ou non, les affaires s'étaient améliorées, à croire que les gens s'étaient subitement découverts une passion pour les livres anciens et de collection. Ed ne s'était pas étonné de la chose. Souriant, il avait révélé à sa fille que ses dons lui permettraient sans doute, entre autres, de devenir riche...

Marie ne tenait pas particulièrement à devenir riche. Mais sa soudaine aisance, survenue avec le retour de père, ne lui était pas désagréable, loin de là. Elle préférait conduire sa Golf que la vieille 4L déglinguée d'autrefois. Et puis, quoi qu'elle en dise, elle s'intéressait aux transformations du château et avait hâte d'y vivre, dans un cadre rénové, élégant, qui lui ferait oublier les vieilles pièces humides et délabrées et la senteur de moisi qui avaient bercé son enfance. Qui lui ferait peut-être oublier grand-mère, sa présence tyrannique et sa mort épouvantable.

Qui lui ferait oublier Thomas Bastide. Qui lui ferait oublier l'entité maléfique qui avait voulu — et bien failli — la posséder. Cette entité, incarnée dans un homme qu'elle avait aimé, et qui s'était anéantie. Et Thomas avec...

Alors quelque chose était mort dans le cœur de Marie.

Avec un soupir, Marie se détourna et pénétra dans les communs. Elle avait tenté, en bonne ménagère, d'y effectuer un minimum d'aménagements pour qu'ils puissent y vivre sans trop d'inconfort, Ed, Jeanne et elle. Mais c'était tout de même du camping! Les pièces minuscules, refuges des domestiques des siècles passés, ne possédaient aucune commodité et, durant tout l'hiver, les radiateurs soufflants n'y avaient fait régner qu'une maigre chaleur. Comme l'affirmait Ed en riant, il fallait faire preuve de patience pour vivre dans le luxe. De la patience, Marie n'en manquait pas.

Marie pénétra dans l'ancienne sellerie, devenue son domaine, et posa son sac sur son lit de camp. Elle alla se camper devant son miroir et ôta son bonnet. Elle secoua la tête, faisant bouffer ses longs cheveux noirs frisés. Elle adressa un sourire un peu crispé à son reflet. Marie était très belle, avec un visage ovale, de grands yeux sombres, une bouche rouge qui mettait en valeur son teint mat. Quand elle se regardait, elle avait de la peine à admettre qu'elle était différente des autres femmes, qu'elle possédait des dons magiques et qu'elle vivrait peut-être plus de six cents ans ! C'était là ce qu'elle refusait avec le plus de véhémence... tout en sachant que si c'était vrai, elle ne pourrait rien y faire. Elle était tout simplement... DIFFÉRENTE. Elle n'était pas une humaine comme les autres.

Étouffant un soupir, elle retira son chemisier et son soutien-gorge pour faire un brin de toilette. Elle avait une poitrine épanouie, de larges épaules et une taille fine. Songeuse, elle évoqua les instants heureux où Thomas avait su faire vibrer son corps. Une amère lame de nostalgie lui traversa le cœur. Contrairement à Jeanne, qui avait pu se retrouver après l'épreuve, renouant, quoique de façon plus réservée, avec sa nature chaude et amoureuse, Marie, elle, n'avait eu aucune aventure depuis Thomas. A peine avait-elle un peu flirté, lors du réveillon où Ed l'avait traînée, avec un gentil blondinet ébloui par sa prestance, et qui lui roulait des yeux de cocker. Mais elle n'avait pas le goût des hommes-esclaves, et l'affaire était demeurée sans suite. De toute manière, Marie savait qu'il lui faudrait beaucoup de temps pour se guérir de Thomas...

Elle entendit une planche craquer au-dessus de sa tête, leva les yeux. Ed était chez lui. Elle hésita un instant, enfila un tee-shirt décolleté et se décida.

Elle sortit de chez elle, grimpa le raide escalier de meunier, suivit le couloir qui menait au fenil. Sur le côté s'ouvrait une porte. Elle y frappa.

– Entre ! lui cria son père.

Elle poussa la porte, s'étonnant, comme chaque fois

qu'elle pénétrait ici, de ce qu'Ed avait su faire de ce réduit inconfortable. Il y avait rassemblé des meubles, des bibelots, des tapis, des tentures en provenance de tous les endroits du monde où il avait voyagé. Des masques africains, accrochés au mur, côtoyaient des tanka tibétains, des armes papoues et des ivoires inuits, des pierres gravées australiennes et des cristaux vénitiens. C'était une véritable caverne d'Ali-Baba, et, d'ordinaire, Marie aimait s'y retrouver, bavardant avec son père, évoquant leur étrange destinée, essayant de tirer des plans sur l'avenir... ou, plus prosaïquement, épluchant les devis des architectes et entrepreneurs. Car Édouard de Roche-Lalheue avait beau posséder de l'argent, il ne tenait pas plus que sa fille à le jeter par les fenêtres. « On peut être sorcier et économe », raillait-il souvent.

Ed cligna de l'œil à sa fille... mais son sourire s'effaça lorsqu'il se rendit compte de la crispation de ses traits, de la tension dans son regard.

— Ça ne va pas, Marie? demanda-t-il.

La jeune femme secoua la tête, s'assit sur un pouf berbère. Elle regarda longuement son père, soupira.

— Aujourd'hui, dit-elle enfin, d'une voix claire mais faible, j'ai senti qu'on m'appelait.

Un long silence fit suite à ses paroles. Ed s'assit à son tour, en face de sa fille. Son visage était grave, sans trace de son habituelle mine ironique.

— Comment ça s'est fait? demanda-t-il.

— J'étais à la Bouquinerie. Je travaillais... Tout à coup... il y a eu comme une voix dans ma tête... Une voix d'enfant. Elle m'appelait au secours. Ce n'était pas des paroles formulées. C'était... un message... comme de la télépathie. Et puis j'ai senti...

Marie avala sa salive. Elle était devenue très pâle.

— J'ai senti... le Mal... Celui qui s'était manifesté ici l'été dernier... Je l'ai reconnu. Il est revenu. Il... il faut que je le combatte... Papa... J'ai peur...

Ed resta silencieux. Il semblait statufié. Marie lui jeta un regard suppliant. Il se leva, s'approcha d'elle, lui posa la main sur l'épaule.

— Ça devait arriver, murmura-t-il. Je te l'avais dit : un jour, tu serais appelée. Ce jour est arrivé. Tu ne peux échapper à ton sort. Tu dois y aller, ma fille.

Marie ferma les yeux.

— Qu'est-ce qui va se passer ?

— Tu vas devoir mener un combat.

— J'ai peur, répéta Marie.

Ed la força à se lever, à lui faire face. Des larmes coulaient sur les joues de la jeune femme.

— J'ai été tellement meurtrie. Je n'en suis pas encore remise. Je ne me sens pas prête...

— Tu ne l'es pas... Nous ne le sommes jamais. Pourtant nous avons nos armes. Tu les as, Marie. Tu devras les employer.

— Mais...

— Tu découvriras tes dons petit à petit. Tu les as tous en toi. Tu sauras les employer. J'ai confiance en toi, ma chérie. Je connais ton courage.

Marie demeura silencieuse. Elle se détourna, s'approcha de la fenêtre basse, regarda au-dehors.

— Quoi qu'il ait pu se passer, reprit-elle enfin d'une voix sourde, jusqu'à aujourd'hui, j'avais espéré que tu te sois trompé... et que je n'étais pas une... sorcière. Ainsi donc, je le suis vraiment...

Ed demeura silencieux. Il regardait les magnifiques cheveux de sa fille, qui lui faisaient une véritable crinière.

— Tu n'es pas une sorcière, Marie, dit-il tout bas. Tu es une fée.

Elle lui fit face.

— Je partirai demain.

Il acquiesça.

— Sais-tu où... cela se passera ?

— Pas très loin d'ici.

Un sourire étira ses lèvres charnues.

— Je n'aurai pas trop de mal pour t'appeler à l'aide... au cas où !

***

— Papy, tu m'emmèneras, le jour de l'ouverture ?

Robert Matthieu tressaillit, arraché à ses songes, et regarda Jennifer. La fillette était vautrée sur le canapé et lisait une BD. L'air était poisseux, épais, étouffant. Il faisait de plus en plus chaud et Matthieu en venait à souhaiter que l'orage qui tournait au-dessus des collines éclate enfin, et pourtant, un orage avec les risques de grêle, c'était une calamité en cette région de vignobles. Ric et Lord haletaient, couchés sur le carrelage, tentant vainement d'y trouver un peu de fraîcheur.

Robert Matthieu s'épongea le front, lui qui ne transpirait presque jamais. Jennifer le regardait en coin, par-dessus son livre. Comme d'habitude, elle ne portait que son slip de bain. Robert l'envia. Il aurait bien voulu se mettre aussi en tenue légère. Mais devant sa petite-fille, il n'osait pas.

— Hein, papy ? Tu m'emmèneras ?

Depuis deux jours qu'ils étaient revenus de l'étang des Brêmes, Jennifer lui posait la même question, lui faisait la même prière. Depuis deux jours, il éludait.

— Tu ne te rends pas compte, lui répondit-il. Je vais me lever à quatre heures du matin. Et puis on ne chasse qu'en début de matinée et tard le soir pour la passe. Le reste du temps, tu t'ennuierais, ma chérie.

Jennifer lui fit un sourire à ensorceler un saint.

— Mais non, papy ! Avec toi, je ne m'ennuie jamais !

Elle savait y faire, cette petite rouée ! Matthieu pouffa, malgré sa nervosité. Pouvait-il avouer à sa petite-fille que s'il répugnait à l'emmener avec lui le jour de l'ouverture aux canards, c'était tout simplement parce qu'il avait *peur* ?

Une peur absurde. D'autant plus absurde qu'elle était irraisonnée. Une peur née de la sensation de malaise qu'il avait eue l'autre jour, pendant qu'ils agrainaient à l'étang… et qu'avait renforcée la découverte du cadavre déchiqueté de la lapine, au beau milieu de la volière.

Robert Matthieu avait encore dans les oreilles l'écho du cri poussé par Jennifer en voyant le carnage !

— Je m'ennuierai bien plus si je reste ici toute seule, reprit l'enfant.

— Tu iras chez Mme Ratier...

— J'aime pas Mme Ratier. Elle... elle sent mauvais!

Robert Matthieu ne put s'empêcher de rire. Jennifer se leva d'un bond et courut grimper sur ses genoux. Elle lui entoura le cou de ses bras nus et potelés et plaqua une bise sur sa joue parcheminé de vieux bonhomme.

— S'il te plaît, papy... S'il te plaît?

Robert Matthieu se sentit fondre. Comment aurait-il pu en être autrement? Elle était si jolie, Jennifer. Elle avait tellement souffert après la mort de son papa, le départ de sa maman. Il savait bien qu'il la gâtait, qu'il lui passait trop de caprices. Mais après tout, elle n'était pas tellement exigente. Et puis, à lui aussi, l'idée qu'il puisse ne pas la voir pendant tout un long jour était intolérable.

— Papy, je pourrai voir si tu tires aussi bien que maman le dit!

L'alignement des trophées accrochés aux murs du salon attestaient des qualités de tireur de Robert Matthieu. Mais cette diablesse piquait sa vanité. En quelque sorte, elle le mettait au défi.

Robert voulut répondre, mais, à ce moment, on frappa à la porte — grande ouverte — qui donnait sur le jardin. Sans attendre de réponse, Philippe Lacour, médecin local et membre de l'association de chasse entra. Ni Ric ni Lord, abrutis de chaleur ne daignèrent lever la tête. Seul le setter battit deux fois le sol de sa queue en guise de bienvenue.

— Charmant tableau, dit Lacour. Bonjour, Robert... Tu vas bien, Jennifer?

La petite dégringola des genoux de son grand-père et, rougissante, répondit par un « Salut! » avant de s'éclipser. Matthieu en fut secrètement satisfait. Il n'aurait pas aimé que Lacour lorgne le petit cul à demi nu de la fillette. Pourtant, des gens en tenue légère, il en voyait tous les jours, Philippe. Et c'était un garçon bien. Trente-trois ans, célibataire, pas le genre à reluquer les gamines à la sortie des écoles! Et la plus belle moustache du bourg!

— Vous buvez un verre? demanda Matthieu.

— Une larme de whisky noyée dans un océan de Perrier. J'ai fini mes visites et je crève de soif!

Robert Matthieu servit les apéritifs. Les deux hommes trinquèrent.

— J'ai eu Paul Terrier au téléphone, dit Philippe Lacour, subitement sérieux.

Robert le fixa, silencieux.

— Il a réparé la clôture de la volière. Il a dit que six lapins en ont profité pour se barrer...

Lacour hésita. Robert Matthieu comprit que le médecin avait autre chose à lui annoncer, sans doute peu agréable.

— Continuez...

— Il m'a dit que la nuit dernière, on lui avait tué six poulets et une dinde, massacrés de la même façon que la lapine.

Malgré son flegme d'ancien flic, Robert Matthieu ouvrit de grands yeux. Il but une gorgée de scotch.

— De la même façon, répéta-t-il.

— A moitié dévorés.

— Merde...

Il y eut un silence. Les deux hommes se regardaient. Robert Matthieu se mordillait les lèvres. Beaucoup d'inspecteurs l'avaient vu en proie à ce tic, quand il réfléchissait intensément.

— Qu'est-ce qui a bien pu faire ça? soupira Lacour.

— Vous avez examiné les cadavres?

Lacour eut un petit sourire.

— Non, monsieur le commissaire, répondit-il. Je ne suis pas médecin légiste. Généraliste seulement!

Robert Matthieu se mit à rire, pris en flagrant délit de déformation professionnelle. Mais il redevint vite sérieux.

— Pour ce que j'ai pu en juger en voyant la lapine, ça ne ressemblait pas au genre de blessure que peut infliger un renard ou un chien. Et puis ni un renard ni un chien n'auraient soulevé la clôture de la volière!

Lacour eut une mimique d'ignorance. A ce moment,

Jennifer revint. Elle avait passé un short et enfilé un tee-shirt. Elle s'était même peignée.

— Nous devrions avoir une belle ouverture, dit Lacour d'une voix pas très naturelle. Terrier m'a dit que ce matin l'étang était couvert de canards…

— Oui ! intervint Jennifer, saisissant la balle du bond. Et papy ne veut pas m'emmener !

— Vraiment ?

Philippe Lacour regarda Matthieu d'un air étonné. Robert se sentit piégé. Cette petite garce l'avait manœuvré comme un gamin.

— C'est bon, soupira-t-il. Je t'emmènerai…

Jennifer bondit à son cou.

— Je t'aime, papy ! cria-t-elle. Je vais me chercher un Coca !

Elle fila à la cuisine. Robert entendit claquer la porte du frigo et vit la fillette courir dans le jardin, chantant à tue-tête.

— Elle est adorable, dit Lacour.

— Oui… Adorable…

Robert Matthieu avait trop la pudeur de ses sentiments pour s'extérioriser. Et l'intense amour qu'il éprouvait pour sa petite-fille n'appartenait qu'à lui.

Comme sa *peur*…

***

L'être se sentait forcir un peu plus chaque jour. Son entendement grandissait et se développait. Son appétit se renforçait. Et sa domination sur son complémentaire s'affirmait.

Son complémentaire… L'être commençait à deviner plus ou moins qui il était, à se faire une idée de sa nature. C'était une créature vivante, intelligente, mais différente, très inférieure, imparfaite. Empêtrée dans une enveloppe charnelle limitée… Et qui, par là même, le limitait, LUI.

L'être éprouvait un profond mépris pour cette enveloppe charnelle, mais il ne pouvait pas la supprimer. Pas encore. Elle lui était nécessaire pour qu'il achève sa mue.

« Oh, l'René, pensa l'être. J'ai faim! »

C'était de cette façon fruste que son complémentaire s'exprimait, avec ces créatures qui lui ressemblaient et sur lesquelles l'être, par l'intermédiaire « du René », jetait des regards concupiscents.

« J'ai faim! répéta l'être en imprimant plus fort son emprise. J'ai faim! »

Le complémentaire se mit à geindre et appliqua ses poings sur ses tempes. Avec déplaisir, l'être se rendit compte qu'il essayait de lui résister, d'opposer sa volonté à la sienne. C'était dérisoire. Que ces humains étaient donc naïfs et faibles!

Des « humains »... Tiens!... C'était la première fois que l'être percevait la nature exacte de son complémentaire...

Titubant, René Mathy sortit de chez lui et se mit en marche dans la campagne, en direction du village. Il tonnait, au loin, et la nuit était opaque.

Les premières maisons se découpaient sur l'horizon sombre lorsque Mathy repéra une proie. Il s'immobilisa, écouta, fouillant la nuit du regard, reniflant comme un animal. C'était un chat... Un simple chat, qui chassait lui aussi. Mathy ouvrit la bouche, ses lèvres se retroussèrent. Étouffant ses pas, il traversa un chemin creux, longea une haie. Il ne voyait pas le chat, tant la nuit était noire, mais savait exactement où se trouvait l'animal. Ses pas évitaient tous les obstacles, ses sens percevaient l'imperceptible. Le chat avançait doucement, guettant un mulot qui trottinait au milieu d'un bouquet de chardons. Il pouvait même voir le mulot!

René Mathy mit près de cinq minutes pour s'approcher de sa proie sans qu'elle ne l'évente. Aucun humain n'aurait pu approcher un chat de cette façon. Mais René Mathy, en cet instant, n'était pas un humain. Quand il bondit sur le chat, ce ne fut pas comme l'aurait fait un homme, même le plus agile et le plus rapide. Le chat n'esquissa même pas un mouvement de fuite. René Mathy le saisit à pleines mains et planta ses dents dans sa nuque, lui broyant la colonne vertébrale. Il tira si brutalement qu'une de ses incisives déchaussées s'arracha de son alvéole. Mathy ne sentit pas la douleur...

Quand René Mathy regagna sa masure, son corps était secoué de tremblements convulsifs, il brûlait de fièvre et la pluie qui tombait enfin ne le rafraîchissait pas. Mais du moins n'avait-il plus mal à la tête. Il s'allongea tout habillé sur son lit aux draps gris de crasse et ferma les yeux.

Il resta ainsi, sans bouger, pendant une bonne heure. Puis, d'un coup, il se releva. Haletant, il tituba jusqu'à sa cave. Il prit une bouteille dans un casier rouillé, l'ouvrit péniblement. Le bruit du bouchon s'extirpant du goulot lui parut la plus suave des musiques. Il but, étouffant des grognements de satisfaction...

Il s'effondra sur le sol en terre battue, ivre mort, sentant qu'il pouvait enfin respirer à peu près librement...

L'être s'engourdissait. C'était agréable, euphorisant. Mais il rêvait déjà d'autres proies. Des proies autrement plus savoureuses que des chats ou des lapins...

***

Marie arrêta sa Golf en haut de l'éminence qui dominait le bourg. Derrière elle, un moulin à vent restauré étendait ses bras maigres. Des taillis et des ronciers couvraient le sommet de la colline, mais cent mètres à peine au-dessous, s'étageaient les premières vignes. Elles descendaient jusqu'aux maisons, qu'elles enserraient dans un écrin vert. La jeune femme se dit qu'en automne, après les vendanges, le paysage devait être d'une couleur magnifique. Mais plus loin, en direction de la Saône, pour l'heure noyée dans une brume de chaleur, une zone industrielle crachait des fumées. Et derrière encore, c'était la ville.

Depuis qu'elle avait reçu le mystérieux appel, Marie

se demandait à qui elle aurait affaire. Le Mal, oui. Mais sous quelle forme ? Un être humain comme Thomas ? Ou un spectre, comme celui qui l'avait à plusieurs reprises possédée, l'année précédente ?

Ses interrogations restaient vaines. Elle se heurtait à une barrière opaque qu'elle ne pouvait pénétrer. Peut-être était-ce déjà le Mal qui s'opposait à elle. Le combat était commencé. Elle possédait tous les *dons* pour vaincre, lui avait dit Ed. L'ennui, c'est qu'elle n'avait aucune idée de la façon dont elle allait pouvoir utiliser ces fameux dons ! Elle ne comprenait même pas pourquoi son chemin l'avait menée dans ce bourg.

Marie demeura un moment rêveuse, à contempler les toits des maisons, au milieu des vignes. Ce bourg était sympathique, pimpant. Il devait faire bon y vivre. Pourquoi le Mal s'y attaquait-il ? Quelles étaient les victimes sur lesquelles il avait jeté son dévolu ?

Autres questions sans réponses...

Marie soupira et mit le contact. Elle démarra en douceur, alluma la radio. France-Musique lui offrit une sonate de Mozart. Elle eut un sourire. Elle aimait Mozart.

Elle atteignit les premières maisons, avisa un hôtel Logis de France. Sa façade disparaissait sous de l'ampélopsis, comme le château de Roche-Lalheue, avant les travaux. Ce détail la décida. Elle gara sa Golf, saisit sa valise sur la banquette arrière.

Prendre une chambre, se promener, renifler l'atmosphère... Marie savait qu'elle finirait par comprendre. Tôt ou tard...

Elle abaissa ses lunettes noires sur ses yeux. Un gamin passa en mobylette, se retourna sur sa silhouette voluptueuse. Marie sourit. Pour un peu, en ce beau mois d'août, elle aurait pu se croire en vacances.

Mais ce n'était pas le cas !

CHAPITRE IV

Jennifer bâillait. Robert Matthieu la surveillait du coin de l'œil, tout en discutant avec Philippe Lacour et Luc Gérard, le secrétaire de la société de chasse. Il était à peine cinq heures dix du matin et sa petite-fille devait avoir l'esprit encore embrumé de sommeil. Pourtant, quand il l'avait secouée dans son lit, à quatre heures pétantes, elle s'était levée d'un bond en criant :

— On y va ?

Ils y étaient. Ils avaient retrouvé les autres chasseurs au pavillon et les rires avaient fusé en même temps que s'ouvraient les paniers casse-croûte, que le café fumait sur la vieille cuisinière à bois et qu'on racontait les histoires de chasse mille fois entendues, mais embellies par le temps un peu plus chaque année.

Pourtant, en ce dimanche d'ouverture aux canards, il y avait quelque chose de nouveau, *quelque chose* qui mettait une ombre sur la joie des retrouvailles et la perspective des heures à venir. Quelque chose dont on parlait, bien sûr, et qui ravivait les craintes sourdes de Robert Matthieu, le faisant regretter d'avoir cédé à sa petite-fille.

Trois nuits plus tôt, ç'avait été une véritable hécatombe dans les rues du village. Quatre chats avaient été mis en pièces...

— Moi, je dis que c'est la faute à ces enfoirés d'écolos ! glapit Paul Terrier, la voix tonitruante.

Son affirmation imposa un instant de silence à ses camarades. On le considéra, plutôt étonné par sa sortie.

— Tu crois que c'est un écolo qui bouffe des chiens, des lapins et des chats ? lui rétorqua Luc Gérard, cachant à peine son amusement. Je sais qu'ils font n'importe quoi, mais tout de même...

Il y eut des rires. Paul Terrier rougit et reprit, véhément :

— C'est pas un renard ou n'importe quelle autre bête de chez nous qui a pu faire ça ! Moi, je dis que c'est un lynx ! Et les écolos, ils ont réintroduit le lynx dans les Vosges ! Alors...

La logique policière de Robert Matthieu ne put s'empêcher de remonter à la surface.

— Les Vosges, observa-t-il, c'est à des centaines de kilomètres d'ici.

Paul Terrier le foudroya du regard.

— Et alors ? Ça a des pattes, un lynx ! Ça peut marcher !

— Allons donc... Même un lynx ne pourrait pas soulever une clôture grillagée.

— Alors qu'est-ce que c'est ? Vous pourriez essayer de le savoir ! Vous êtes flic, non ?

Tous les regards convergèrent vers Matthieu. Mis en cause, celui-ci voulut s'en tirer par une boutade :

— Vous savez, un commissaire de police n'a pas pour habitude d'enquêter sur des animaux de basse-cour.

Les sociétaires se remirent à rire. Sauf Paul Terrier, qui semblait vraiment furieux.

— En tout cas, moi, la nuit, maintenant, je charge mon fusil avec du neuf grains[1] ! Si je vois quoi que ce soit rôder près de ma ferme, je tire dessus !

— Et si c'est un galant qui veut conter fleurette à ta fille ? s'écria Jean Pallard, un opticien de la ville voisine. Tu tires aussi dessus ?

Paul Terrier ne répondit pas. Robert Matthieu se racla la gorge. Il n'ignorait rien des dangers de l'autodéfense.

1. Des chevrotines.

— Sans rire, dit-il, si vous voulez, Paul, je peux essayer d'enquêter au village. Il est possible que quelqu'un ait remarqué quelque chose.

Paul Terrier ne dit rien, renfrogné. A ce moment, M. Marcadet, président de l'association et gros industriel, devinant que la discussion pouvait s'envenimer, frappa dans ses mains pour attirer l'attention et dit, d'un ton bonhomme — un peu forcé :

— Mes bons amis, il va être temps de tirer au sort les postes autour de l'étang. Après quoi Luc Gérard nous rappelera les consignes de sécurité, puis nous nous mettrons en campagne. A six heures précises, nous saluerons les canards...

Robert Matthieu soupira. Jamais il ne s'était senti aussi morose pour une ouverture au gibier d'eau.

Le bruit de moteur des voitures passant devant sa maison pour se rendre à l'étang des Brêmes avait réveillé René Mathy. Grommelant, l'ivrogne s'était levé et, par la vitre sale de sa fenêtre, il avait regardé les lueurs des phares qui s'enfonçaient dans la forêt. Il n'aimait pas les sociétaires de l'association de chasse locale. Des rupins, des gommeux de la ville, sauf Paul Terrier. Avec leurs grosses bagnoles 4 x 4, leurs beaux fusils astiqués et leurs chiens de race, à chaque fois qu'ils venaient, ils foutaient un tel bordel dans le bois que le gibier se planquait pendant des jours et que lui, René Mathy, ne pouvait plus rien attraper dans ses collets!

La dernière voiture passa devant sa cour, une Lada Niva, celle de Robert Matthieu, le flic. René Mathy cracha par terre. Même un flic!

C'est à ce moment précis que son mal de tête se réveilla...

— Tu restes bien derrière moi, dit Robert à Jennifer, parlant à mi-voix. Et quand ça commencera à tirer, tu te baisseras. Compris?

— Oui, papy! répondit la fillette tremblante d'excitation.

Robert Matthieu lui avait expliqué à plusieurs reprises en quoi consistaient les consignes de sécurité afférentes à une ouverture de la chasse. Luc Gérard les avait répétées. Jennifer était assez intelligente pour comprendre. Malgré cela, Robert savait qu'un accident était toujours trop vite arrivé. Il regarda sa petite-fille, pensif. Jennifer disparaissait dans une veste camouflée qui lui descendait plus bas que les genoux. Ses cuissardes trop grandes pour elle lui faisaient des pieds de clown et sa casquette kaki lui mangeait le visage, visage que Robert avait soigneusement enduit de lotion anti-moustique. Pourtant la fillette était radieuse, et ses yeux brillaient de plaisir.

Robert Matthieu consulta sa montre. Cinq heures cinquante-huit.

— Dans deux minutes, chuchota-t-il.

Il chargea un coup de sept dans le canon inférieur de son Verney-Caron, un coup de cinq dans le canon supérieur et ne referma pas l'arme. Il pouvait entendre les canards qui rappelaient, au-delà des roseaux. Les canards entendraient aussi bien le déclic de l'arme se verrouillant.

Immobile, Robert Matthieu attendait, égrenant mentalement les secondes.

Il en était à cent quand il sentit un frisson lui courir le long de l'échine. Il se figea, reconnaissant *la même impression* qu'il avait ressentie l'autre jour, quand il agrainait aux mangeoires. Il se retourna d'un bloc, si brusquement que Jennifer sursauta et fit un pas en arrière.

Rien... Il ne voyait rien. Que le sous-bois, les buissons et l'amorce du chemin qui faisait le tour de l'étang.

— Qu'est-ce qu'il y a, papy? demanda Jennifer.

Matthieu ne répondit pas. Les dents serrées, il referma brutalement son fusil. Au même instant, le coup de trompe indiquant que la chasse était ouverte retentit.

— Passe devant! ordonne Matthieu.

— Mais, papy...

— Passe devant moi, je te dis!

Stupéfaite devant cette inexplicable entorse à la première des règles de sécurité, Jennifer passa devant son grand-père et s'enfonça dans les roseaux. Robert Matthieu la suivit, la poussant presque, tandis que Ric et Lord, enfermés dans la Lada à une cinquantaine de mètres, poussaient des glapissements déchirants.

Robert Matthieu et Jennifer traversèrent quasiment au pas de course les vingt mètres de roseaux qui les séparaient de l'eau libre. Comme ils y parvenaient, les premiers coups de fusil retentirent et, dans un immense fracas de claquements d'ailes, des dizaines et des dizaines de colverts prirent leur essor à la surface de l'étang. L'instinct du chasseur l'emporta alors sur la crainte. Robert Matthieu oublia son anxiété, son cœur s'emballant comme à chaque fois qu'il apercevait le gibier. Il épaula juste comme un groupe de cinq canards arrivait sur sa droite, dix mètres au-dessus de sa tête. Il appuya sur la détente, coup sur coup. Un colvert plongea droit dans l'étang, faisant gicler l'eau. Jennifer poussa un cri de joie. Le plus vite qu'il put, Robert Matthieu cassa son fusil, éjectant automatiquement les douilles vides, rechargea, épaula. Il y avait des canards partout...

Dans le bois, Ric et Lord hurlaient à la mort. Fugitivement, Matthieu se demanda ce qu'il leur prenait. Depuis le temps, ses chiens, bien dressés, savaient attendre patiemment que vienne le moment d'aller battre la roselière.

Mais Robert cessa de penser à eux. Trois canards venaient sur lui. Il voulait faire le doublé ! Pour prouver à Jennifer qu'il était aussi bon tireur que Marie-Paule l'affirmait !

L'être se sentait désorienté. A travers son complémentaire, il pouvait voir deux proies et ces proies lui étaient inaccessibles. Elles ne s'enfuyaient pourtant pas. Elles semblaient prisonnières, enfermées dans quelque chose qui échappait à son entendement, mais cette chose les protégeait également. A plusieurs reprises, l'être avait ordonné au René de forcer cette chose. Mais la chose résistait. L'être se rendait compte que l'René faisait ce qu'il pouvait. Mais ça ne marchait pas.

Pour la première fois depuis que ses facultés s'étaient éveillées, l'être ressentit de l'irritation. L'impuissance, l'imperfection du René le mettaient en rage. Il avait hâte d'achever sa mue. Il n'aurait plus besoin de cette enveloppe humaine incomplète et faible. Il pourrait s'accomplir...

L'être refusa ce rêve lointain. Il lui semblait que cette capacité d'appréhender l'avenir n'était pas naturelle. Les travers de son complémentaire déteignaient sur lui. L'être ne devait penser qu'à la satisfaction immédiate de ses instincts. Le reste viendrait en son temps.

La satisfaction immédiate de ses instincts. L'assouvissement de sa faim, la captation du fluide vital des proies, pour que son propre fluide de vie grandisse... L'être avait besoin de plus de fluide. Beaucoup plus. De plus en plus...

La forêt regorgeait des proies.

René Mathy s'éloigna de la Lada Niva et s'enfonça dans les taillis qui bordaient la roselière. Bientôt, les chasseurs sortiraient leurs chiens des voitures pour leur faire battre les joncs.

Alors...

— C'est long, papy, murmura Jennifer. Il n'y a plus de canards ?

Robert Matthieu était immobile, dans l'eau jusqu'à la taille. La fraîcheur montait le long de ses cuisses. La vase aspirait la semelle de ses waters[1] et, par moments, il soulevait un pied, ce qui produisait un bruit de succion désagréable et faisait remonter des bulles en surface.

Depuis près d'une heure, plus aucun canard n'avait pris son envol. Pendant dix bonnes minutes, les colverts

1. Cuissardes en caoutchouc.

avaient tourné au-dessus de l'étang, affolés par la présence des hommes et des coups de feu, ne comprenant pas ce qu'il leur arrivait. Les chasseurs s'en étaient donnés à cœur joie. D'un bord à l'autre de l'étang, ç'avait été « comme à Verdun », ainsi qu'avait l'habitude de dire Luc Gérard. Les canards tombaient en masse, chaque chute saluée par de grands cris de joie de Jennifer, qui ne se souvenait plus qu'elle adorait les animaux. Pour sa part, Robert Matthieu en avait abattu trois et désailé un, qui était allé se réfugier dans les roseaux. Et puis, d'un coup, le ciel s'était vidé. Et les chasseurs attendaient. Et Jennifer aussi !

— Hein? Il n'y a plus de canards? répéta la petite.

Robert se tourna à demi vers elle. Il se sentait ankylosé par plus d'une heure de station debout immobile. Il n'avait tout de même pas soixante-sept ans pour rien.

— Il y en a encore, mais il se sont cachés dans les joncs.

— On va les chercher? On va les tuer?

De plus en plus sanguinaire, la mignonne! Robert eut un petit rire.

— Bien sûr. Avec les chiens.

— Quand?

— Dès que le président en aura donné le signal avec un coup de trompe.

A cet instant précis, une longue sonnerie retentit.

— On dirait qu'il m'a entendu, le père Marcadet! s'écria Robert. Viens, on va chercher Ric et Lord!

Il en avait été décidé ainsi, lors du tirage au sort des postes de tir. Passé la première envolée des canards, Robert Matthieu et Luc Gérard, d'un côté de l'étang, Paul Terrier et Jean Pallard de l'autre, battraient les roseaux avec leurs chiens pour faire lever les colverts qui s'y seraient réfugiés. Les autres sociétaires, à leur poste, tireraient les oiseaux au passage, ce qui n'empêcherait pas chacun des quatre rabatteurs de faire un carton au cul levé[1] si l'occasion s'en présentait. Du reste, c'était au

1. A l'envol.

cul levé que Robert Matthieu avait toujours préféré chasser.

Robert et Jennifer retraversèrent les roseaux et se hâtèrent jusqu'à la Lada. Robert tendit la main vers le hayon fermé à clef et se figea, les sourcils froncés.

Ric et Lord, couchés sur le plancher de la voiture, semblaient affolés. Ils tremblaient de tous leurs membres et la flaque sombre qui s'élargissait sous eux ne prêtait pas à confusion.

— Ils ont fait pipi ! s'écria Jennifer, scandalisée.

Stupéfait, Robert Matthieu ouvrit le hayon. Le setter et l'épagneul se jetèrent littéralement sur lui, poussant des gémissements aigus, le léchant avec frénésie. Robert eut du mal à les repousser.

— Mais... qu'est-ce qui vous prend ? grommela-t-il. Vous êtes fous, tous les deux !

Les chiens avaient sauté sur le sol. Mais au lieu de se précipiter vers les arbres les plus proches pour y lever la patte, comme font tous les chiens du monde, ils restaient collés à leur maître, piaillants et haletants.

— Qu'est-ce qu'ils ont, papy ? demanda Jennifer.

— Comment veux-tu que je le sache ?

Une colère sourde grondait dans la poitrine de Robert Matthieu, mêlée à cette crainte qui ne le quittait pas depuis des jours. Presque malgré lui, il chargea son fusil, qu'il avait vidé en quittant l'étang. Il regarda le sous-bois tout autour de lui. La futaie lui parut extraordinairement sombre, hostile, *maléfique*. Il retint un juron entre ses dents. Qu'est-ce qu'il lui arrivait, à lui aussi ? Son imagination lui jouait des tours ou quoi ?

— Ils se font vieux, grogna-t-il. Ils deviennent gagas !

Furieux, il repoussa Ric et Lord. Mais les chiens ne s'éloignèrent pas. Robert Matthieu n'y comprenait plus rien. Normalement, son setter et son épagneul auraient déjà dû se trouver au milieu des roseaux, et lui, leur courant au derrière. Là, c'était tout juste s'ils ne cherchaient pas à remonter dans la Lada !

— Alors ? dit-il sèchement, vous allez vous y mettre, bande de fainéants !

Il montra du doigt la roselière. Ni Ric ni Lord ne bougèrent. De plus en plus sidéré, Robert Matthieu les considéra l'un et l'autre. Ce n'était pas possible! On lui avait changé ses chiens!

— Il est là, le canard! reprit-il. Là! Là!

Devant l'ordre qu'ils avaient l'habitude d'entendre, les deux chiens se dirigèrent enfin vers les joncs, mais lentement, comme à regret, le setter la queue basse, l'arrière-train fléchi. Tous les deux s'immobilisèrent devant les roseaux, attendant que Matthieu arrive auprès d'eux.

— Ben merde..., marmonna Robert. Du diable si je les ai jamais vus comme ça!

A ce moment, sur sa droite, la voix de Luc Gérard appela :

— Matthieu, vous y êtes?

— J'y suis! répondit Robert. Mais mes chiens n'ont pas l'air d'en vouloir. Et les vôtres?

Un temps, puis :

— Pas terrible! On dirait qu'ils ont peur... Allons, les enfants, au travail... Je rentre dans les roseaux. Allez-y, Matthieu!

D'un mouvement de la main, Robert indiqua à ses chiens l'endroit où il voulait qu'ils battent. Ric ne bougea pas. Lord, plus docile, se coula dans les joncs, les faisant onduler sur son passage.

— Alors, Ric, espèce de con! cria Robert, à bout de patience.

L'épagneul obéit, après un regard malheureux à son maître, et suivit le setter. Robert se tourna vers sa petite-fille.

— Tu marches exactement où je marche, lui ordonna-t-il. Fais attention à ne pas tomber.

Il leva son fusil dans sa main droite et, de la gauche, écarta un bouquet de roseaux qui lui montait plus haut que la tête. Obscurément, une image l'assaillit : celle de l'Indochine, de la plaine des Joncs, de sa jeunesse. L'image des pièges mortels du Viêt-minh...

— Tu me suis, Jennifer! dit-il nerveusement. Ne me perds pas de vue!

Pour la première fois de sa vie, Robert Matthieu souhaitait se trouver ailleurs qu'à la chasse un jour d'ouverture !

L'être percevait la présence de tant de proies qu'il en était déconcerté. Par l'intermédiaire de son complémentaire, mais aussi grâce à ses propres sens, il cherchait à comprendre.

Les proies étaient diverses, multiples. Il y en avait de petites, qu'il dédaignait, dont certaines émettaient des ondes de ce que les humains appelaient « souffrance », et qui le réjouissaient tant. Il y en avait d'autres, infiniment plus intéressantes, qui allaient et venaient dans cet étrange milieu humide où il avait poussé l'René à se tapir et attendre. Il y avait enfin les humains. Ils dégageaient un rayonnement intense, qui l'emplissait de convoitise. Mais ces proies n'étaient pas sans défense, l'être le devinait confusément. Et l'être avait peur. Il était unique, se savait vulnérable... Ou plus exactement son complémentaire était vulnérable, ce qui revenait au même. Tant que sa mue n'était pas achevée, l'être était tributaire du René.

Après...

Son anxiété avait diminué. Robert Matthieu se disait qu'il était lui-même en train de devenir gâteux ! Qu'est-ce qui pouvait bien le menacer au bord de cet étang, en pleine Bresse, à quelques kilomètres d'un village avec une gendarmerie, une mairie, un café... Grotesque. Il était grotesque ! La preuve, Ric et Lord s'y étaient enfin mis et battaient les roseaux comme ils l'avaient toujours fait.

— Ça va, Jennifer ? demanda Robert sans se retourner.

— Ça va..., papy ! Mais c'est difficile... de marcher là-dedans !

Robert sourit. Oui, c'était difficile. Mais la petite avait voulu venir, il fallait maintenant qu'elle suive. Elle dormirait bien, ce soir. Surtout qu'ils se coucheraient très tard, après la passe[1]. Bon sang, elle en aurait des

1. Le tir des canards se posant pour la nuit, qui se pratique à l'affût.

choses à raconter à ses futures petites camarades d'école...

Tout à ses pensées, Robert Matthieu faillit ne pas voir les deux canards qui s'élevèrent brusquement devant lui. Il épaula et tira. Un des colverts piqua vers le sol en tournoyant.

— J'ai vu où il est tombé ! cria la voix de Luc Gérard. Miquette est dessus !

Miquette, c'était la jeune cocker du secrétaire. Matthieu ne chercha donc pas à retrouver son canard... d'autant que Ric donnait de la voix et que les roseaux s'agitaient furieusement devant lui. Il ouvrit son fusil, rechargea.

— Là, papy !

Jennifer montrait du doigt un vol de six canards qui partaient à l'oblique en direction de l'étang. Robert esquissa le geste d'épauler. Mais les colverts étaient trop loin.

Les chasseurs postés les accueillirent par une violente pétarade.

Robert se remit en marche. Derrière lui, Luc Gérard criait :

— Miquette ! Miquette... Alors, tu reviens, Miquette ?

Robert Matthieu, pensa que son canard n'avait dû être que désailé et qu'il se dérobait devant la chienne. De toute façon, dans une chasse, il y avait toujours du gibier perdu...

René Mathy se tenait statufié, accroupi derrière un tronc à moitié envasé, dans la partie la plus touffue du massif de roseaux. Son crâne le faisait souffrir à hurler, mais cette souffrance lui était presque étrangère. En réalité, il ne s'en préoccupait pas. Une partie de lui-même, humaine, intelligente, aurait voulu s'en préoccuper, mais cette partie était gommée, anihilée par... *autre chose*... Mais René Mathy ne pouvait plus comprendre. D'ailleurs à quoi bon essayer ? Il n'y avait rien à comprendre. Et quand cette autre partie lui fichait la paix, il ne se souvenait de rien... L'autre jour, dans une espèce d'état second, René Mathy s'était dit qu'il devenait vraiment fou. Il buvait trop. C'était le delirium... Et puis après, merde alors? C'était son droit de boire autant qu'il voulait!

Ce qui importait, c'était ce canard qu'il avait vu tomber, à quelques mètres de lui, et le chien qui approchait en pataugeant bruyamment et en poussant de petits gémissements d'excitation. René Mathy pouvait le voir à travers le rideau de joncs. Il sentait sa chaleur. Il se repaissait à l'avance de la saveur de son sang...

Il serra plus fort ses poings sur le bois pourri de la souche. Le canard mort... Le chien...

Le chien apparut, excité par sa quête. Une jeune cocker spaniel inexpérimentée, aussi sotte qu'une adolescente, qui s'immobilisa en le découvrant, ses poils se hérissant le long de son dos...

Pendant une seconde, l'homme — qui n'en était plus tout à fait un — et la chienne se regardèrent. Miquette couina. René Mathy bondit par-dessus la souche, silencieux et vif comme la bête de proie qu'il était devenu. Il empoigna la chienne qui le mordit à la main. Mais Mathy, lui, la mordait déjà à la gorge, étouffant ses cris.

Miquette se débattit désespérément, mais les dents de René Mathy lui ouvraient les veines et les artères. Avide, le monstre buvait son sang, aspirant à grands traits le liquide vital, tenant serré contre lui, presque amoureusement, le corps faiblissant.

— Miquette? appela une voix toute proche.

René Mathy se coucha dans la vase. Il gronda sourdement, retroussant ses lèvres rouges de sang. L'instinct de meurtre flambait en lui, le désir fou de tuer l'humain comme il venait de tuer l'animal. Mais quelque chose le retint...

Sans faire le moindre bruit, René Mathy se coula dans les roseaux, traînant derrière lui le cadavre du cocker.

— Miquette? continuait d'appeler Luc Gérard. Miquette...

Robert Matthieu se sentait soulagé. Sans raison.

Exactement comme il s'était senti angoissé tout le matin. Il était à présent midi moins cinq, il se trouvait au pavillon de chasse en compagnie de Jennifer et des autres chasseurs, Ric et Lord étaient enfermés dans le chenil... et il ne s'était rien passé. D'ailleurs qu'est-ce qui aurait bien pu se passer, sacrebleu ?

Un verre de pastis à la main, Robert contemplait le tableau de chasse d'un œil satisfait. Jennifer, accroupie, soufflait à rebrousse-plume sur le ventre d'une cane et riait de plaisir. Elle avait enlevé sa veste camouflée, ses cuissardes, et ses cheveux tombaient librement le long de son dos. Elle tourna la tête, se rendant compte que son grand-père la regardait.

— Pas mal, hein, papy ? dit-elle.

— Pas mal, répondit Robert Matthieu. J'ai vu de plus belles ouvertures, mais j'en ai connu de pires.

Il avait raison. Avec quarante-neuf colverts, deux sarcelles, trois bécassines... et même une foulque — quelle idée d'avoir tiré une foulque, c'était immangeable ! — pour seize fusils, le bilan de la matinée était honorable. Si la passe, à la tombée de la nuit, était aussi favorable, ce serait une bonne journée. De toute manière, l'époque où dix chasseurs abattaient deux cents canards en une heure de temps était bien révolue. Et tant mieux. C'était de tels procédés qui avaient fini par désertifier les chasses !

— T'en as tué combien, papy ? demanda Jennifer.

— Quatre... Mais il y en a au moins deux qu'on n'a pas retrouvés.

— Maman avait raison. Tu tires bien !

Les sociétaires qui se tenaient aux côtés de Robert Matthieu se mirent à rire. Le vieil homme se sentit rougir de satisfaction. Un compliment de Jennifer lui faisait plus plaisir que n'importe quoi d'autre.

A ce moment, Luc Gérard s'approcha du petit groupe. Son visage reflétait une certaine contrariété. Ses yeux brillaient derrière les verres épais de ses lunettes de myope.

— Bon sang, grogna le secrétaire, je ne suis pas arrivé

à rappeler Miquette ! Vous ne l'avez pas vue, après les coups de trompe ?

Les chasseurs secouèrent la tête. Gérard pinça les lèvres de dépit.

— Quelle bourrique, cette chienne ! J'espère qu'elle va revenir toute seule au pavillon.

— Elle est jeune, se moqua gentiment Joël Lebrun, un des anciens de la société. Si ça se dit, elle vous attend au bord de l'étang en piaillant comme une perdue !

— C'est vrai qu'elle est jeune, approuva Robert Matthieu. Elle a dû partir sur un canard désailé et elle va le suivre jusqu'à ce qu'elle tombe d'épuisement ou qu'elle l'attrappe enfin.

— Ah, ça ne lui ressemble pas ! D'habitude, elle ne quitte pas Fafhnir...

Luc Gérard montrait son grand braque bleu qui le regardait, agitant son moignon de queue, derrière le grillage du chenil.

— Je ne comprends pas ce qui a pu lui arriver.

Il y eut un silence. Les chasseurs s'entre-regardaient. Robert Matthieu comprenait parfaitement à quoi chacun pensait. Lui-même sentit sa gorge se serrer.

— A table ! cria alors le président Marcadet, de la porte du pavillon. Voyons ce que notre cuisinière nous a mijoté pour notre premier repas de chasse de la saison !

Car c'était une tradition établie au sein de l'association : chaque ouverture était suivie d'un gueuleton bien arrosé, et ce n'était pas là un des moindres attraits de l'art cynégétique.

Robert Matthieu posa sa main sur l'épaule de Luc Gérard et lui dit à mi-voix :

— Si vous voulez, après déjeuner, nous prendrons la Lada et nous retournerons à l'étang. On va essayer de retrouver Miquette...

*
**

C'était un très beau dimanche de fin de mois d'août, pensait Marie en se promenant dans les rues du bourg.

L'air était léger, il ne faisait pas une chaleur étouffante. Un souffle de vent faisait voler ses cheveux. En passant devant la vitrine d'un charcutier-traiteur, elle huma d'appétissants effluves qui lui rappelèrent qu'il était midi passé et qu'elle avait faim. Elle prit la direction de son hôtel. Elle pouvait être sorcière et gourmande, après tout…

Elle avait déambulé durant tout le matin dans la bourgade. Sans savoir pourquoi. Juste pour se pénétrer de l'atmosphère qui y régnait. C'était la première fois qu'elle se fiait ainsi à ses facultés paranormales. Elle avait été surprise de tout ce qu'elle avait pu ressentir. Rien qu'en passant devant les maisons, elle pouvait deviner si l'harmonie y régnait ou si, au contraire, des tensions s'y cachaient, des intrigues y couvaient, ou s'étaient déroulées. Cela la mettait profondément mal à l'aise, mais elle savait que cette sorte d'analyse lui était nécessaire. Rien de ce qu'elle vivait n'était logique, rationnel. Elle ne pouvait se fier qu'à ses impressions… en attendant que *le Mal* se manifeste ouvertement.

Marie passa devant un long mur au faîte recouvert de mousse, au milieu duquel s'ouvrait un large portail vert. Elle ressentit un brusque choc, une impression glacée. En un instant, elle revécut les heures tragiques de l'été précédent. Un tourbillon d'images sanglantes traversèrent son esprit. Le souffle coupé, elle dut s'appuyer contre un poteau télégraphique. *Là…* C'était là !

Elle attendit d'avoir repris son sang-froid, releva ses lunettes de soleil sur son front. Elle observa la maison, ou du moins ce qu'elle pouvait en voir, par-dessus le mur. La demeure avait un aspect tout à fait anodin. C'était une bâtisse ancienne, qui ne manquait pas d'un certain cachet. Du lierre poussait le long du mur de façade, jusque sous le rebord du toit. Des arbres fruitiers bien taillés étendaient leur ramure, des massifs de lilas, un grand marronnier.

Marie secoua la tête. A quoi s'était-elle attendue ? A ce qu'un diable se jette sur elle après avoir sauté le mur ? C'était ridicule. Et pourtant elle SAVAIT que c'était de cette maison que lui était venu l'appel au secours. Un drame était en train de se nouer derrière cette façade, ce mur.

Elle hésita. Devait-elle frapper? Pour quoi dire? Qu'elle était dotée de pouvoirs magiques, et qu'elle se trouvait là pour aider quelqu'un à lutter contre le Mal? Elle imaginait déjà la réaction des occupants des lieux!

Elle s'approcha néanmoins de la petite plaque de cuivre vert-de-grisée scellée dans le mur, à côté du portail. Elle lut : *R. Matthieu.* Naturellement, ce nom ne lui dit rien. Elle se détourna, reprit sa marche, songeuse.

Si c'était dans cette maison qu'elle devait intervenir, il allait pourtant bien falloir qu'elle y pénètre. Mais comment? Qui était ce R. Matthieu? Au fond d'elle-même, fée ou sorcière, Marie de Roche-Lalheue demeurait une jeune femme timide et peu liante. La perspective de s'imposer à un inconnu la terrifiait. Elle se demanda comment Jeanne agirait à sa place.

Elle se retrouva devant son hôtel. Elle y pénétra, se dirigea vers la salle du restaurant. Des regards la suivirent. Elle était vêtue d'une façon assez voyante.

Son maillot noir moulait sa poitrine et les fines bretelles lui dénudaient les épaules. Sa longue jupe fleurie s'évasait autour de ses jambes et ses hauts talons la faisaient paraître encore plus grande qu'elle n'était. Quant à ses cheveux, ils bouffaient autour de son visage, libres et fous.

Elle s'assit à une table isolée, au fond de la salle, s'abîma dans ses pensées. Le garçon lui apporta le menu, lorgnant discrètement dans son décolleté. Il allait pour se détourner lorsque Marie le retint.

— Excusez-moi, dit-elle, j'aurais besoin d'un renseignement...

Le jeune homme se pencha légèrement, ravi de s'attarder auprès de cette belle fille.

— Je cherche un appartement à louer, reprit Marie. On m'a dit qu'un certain R. Matthieu aurait peut-être quelque chose de disponible... Vous connaissez ce monsieur?

Le garçon eut l'air étonné.

— Oui, répondit-il. C'est un ancien policier en retraite. Mais je ne crois pas qu'il ait un appartement à louer. Il vit dans une grande maison à l'autre bout du village, avec sa petite-fille...

Marie affecta un air perplexe.

— On m'a peut-être donné un mauvais renseignement, murmura-t-elle. Mais... le plus simple serait sûrement que j'aille voir ce monsieur et que je lui pose la question.

— Oh, vous ne le verrez pas aujourd'hui ! s'esclaffa le garçon. C'est le plus enragé chasseur de la ville. Il est à l'ouverture aux canards !

Marie se fendit d'un sourire.

— Alors je le verrai demain, dit-elle en se replongeant dans l'étude du menu.

CHAPITRE V

L'être débordait de béatitude. Une lourde torpeur l'engluait et il s'y complaisait avec volupté. Cette volupté qu'il avait ressentie lorsque l'René avait mis à mort cette créature tressautante et jeune, débordante d'une sève chaude et d'un fluide qui l'emplissaient maintenant tout entier. Sève et fluide incomparablement plus forts, plus suaves, que ceux de toutes les créatures que l'René lui avait jusque-là offertes.

Cette sève et ce fluide allaient lui permettre de poursuivre sa mue, d'évoluer un peu plus vite, de se rapprocher de l'état auquel il aspirait de toute sa conscience. Cet état qui lui permettrait de se dépasser, de s'affranchir de l'enveloppe charnelle du René et de coloniser ensuite ce monde où le hasard cosmique l'avait mené.

L'être se laissa aller, avec ce qui aurait pu passer pour un profond soupir d'aise et s'effaça, libérant — provisoirement — son complémentaire.

D'un coup, le mal lancinant qui vrillait le crâne de René Mathy disparut. Ce fut comme une renaissance. Mathy regarda tout autour de lui, clignant ses petits yeux injectés. Il se trouvait en bordure de la forêt du Beau-Cry et du diable s'il se souvenait de ce qu'il était allé y faire ! Il avait un goût de sang dans la bouche et sa chemise était pleine de boue.

— Bordel de bordel de Dieu ! jura l'ivrogne.

Il se sentait quand même rudement mieux. Il avait une

de ces soifs ! Mais il ne pouvait pas aller au bistrot dans cette tenue. Même s'il ne faisait jamais montre d'élégance, il y avait des limites !

René Mathy suivit le chemin de terre qui revenait au village. En passant non loin du pavillon des chasseurs, il remarqua que ceux-ci étaient en plein gueuleton. Il maugréa des injures imprécises. Ces richards avaient les moyens de se payer des bouffes. Salauds, va !

Il contourna la ferme Terrier, aperçut une grosse moto arrêtée devant la grange. Le galant de cette salope de Nicole ! Un jour, faudrait qu'il s'arrange pour les surprendre en train de s'envoyer en l'air. Sûr que ça mériterait le coup d'œil ! Parce qu'elle est sacrément bien foutue, la Nicole Terrier, avec son petit cul et ses nichons...

Étonné de ressentir du désir sexuel, lui qui, de ce côté, était plus que calme, René Mathy arriva enfin devant chez lui. Il entra, remarqua que son intérieur était encore plus sale et en désordre que d'habitude, ce qui, à vrai dire, ne le dérangeait pas. Il enleva ses vêtements, les laissant sur le carrelage, ouvrit un tiroir de sa vieille commode grinçante et, négligeant de se passer la moindre goutte d'eau sur la figure, il enfila des hardes à peu près propres. Puis il prit un billet de cent francs sous la pile de draps troués, le mit dans sa poche et sortit. Il referma soigneusement à clef, sortit sa bicyclette rouillée de la resserre, grimpa dessus et se dirigea vers le village, pédalant aussi vite qu'il pouvait avec sa patte folle.

Il avait de plus en plus soif, nom de Dieu !

*
**

D'un seul coup, la fatigue était tombée sur les épaules de Jennifer. Au beau milieu du dessert — une mousse au chocolat —, la fillette s'était mise à bâiller et Robert Matthieu, qui la surveillait du coin de l'œil, avait dit à Luc Gérard :

— Elle va faire la sieste et nous, on ira à l'étang.

Il ne tenait pas, en effet, à y emmener sa petite-fille. Il

avait donc persuadé la gamine d'aller s'allonger sur un lit de camp, dans la pièce qui servait de débarras aux chasseurs. Jennifer avait accepté avec des protestations de pure forme, ce qui prouvait bien qu'elle était épuisée !

Et maintenant, Robert arrêtait sa Lada en bordure du point d'eau. Il en descendit, son fusil dans la main droite. Luc Gérard parut étonné.

— Vous avez l'intention de tirer ? demanda-t-il.

— Qui sait..., répliqua sobrement Matthieu.

Sans doute aurait-il été ridicule aux yeux du secrétaire s'il lui avait avoué qu'il emportait son arme à cause d'une simple appréhension. Quoi qu'il en soit, il chargea son Verney-Caron avec deux Brenneke, des cartouches à balle pour le sanglier !

Les deux hommes se dirigèrent vers le bord de l'étang.

— Miquette ! appela Luc Gérard. Miquette !

Ils attendirent quelques instants, espérant entendre un jappement, un gémissement, n'importe quoi. Mais ils furent déçus.

— Merde, jura Luc Gérard. Il va falloir entrer dans les roseaux ! Ça va faire fuir les canards qui sont revenus s'y poser. Si le président apprend ça...

Il regarda Matthieu d'un air indécis. Robert haussa les épaules.

— Bah... Ils auront bien le temps de revenir pour la passe. De toute façon, on n'entend pas rappeler : il ne doit pas y en avoir beaucoup sur l'étang... Où étiez-vous posté ?

— Là-bas, au numéro neuf.

Luc Gérard indiquait de la main une anse boueuse, au pied d'un immense chêne.

— On va y aller, dit Robert. Nous marcherons à dix mètres l'un de l'autre et nous nous croiserons à intervalles réguliers. De cette façon, nous battrons tout le terrain. Si Miquette est là, nous la retrouverons...

C'était une méthode qui, à nouveau, fit penser Robert à l'Indochine. Son malaise revint, sourd. Qu'est-ce qui avait bien pu arriver à Miquette ?

Sans rien ajouter, Robert Matthieu et Luc Gérard

s'enfoncèrent dans les roseaux. Presque immédiatement, Robert découvrit les traces du passage de la chienne : coulées, empreintes dans la vase. Il vit aussi les traces des bottes du secrétaire. Malgré son envie de suivre cette piste, il s'imposa de respecter la méthode de recherche qu'il avait préconisée. Au bout de quelques minutes, après avoir croisé Luc Gérard, il retrouva les traces de Miquette.

— Elle est passée par là, dit-il. Elle allait vers le plan d'eau !

Gérard répondit par des paroles que Robert ne comprit pas. Mais deux minutes plus tard, le secrétaire s'écria :

— J'ai une trace, moi aussi !

Une nouvelle minute, puis :

— J'ai retrouvé un canard mort. Ce doit être un des vôtres !

Robert eut un soupir agacé. C'était toute la chasse, ça ! On cherche un canard désailé et on ne le trouve pas, et quand on cherche un chien, on tombe sur ledit canard !

Soudain, il s'immobilisa. Il se pencha, les sourcils froncés. Il voyait une empreinte, nette, bien délimitée, dans la boue. Une empreinte de *botte*...

Pendant un long instant, Robert Matthieu resta penché sur la trace, étudiant le dessin de la semelle imprimée dans la terre meuble, l'aspect des rebords, l'eau accumulée dans le creux. C'était une trace fraîche, datant du matin... Il secoua la tête. Pourquoi cet émoi ? Ce pouvait très bien être l'empreinte d'une des cuissardes de Luc Gérard. Ou d'un autre chasseur... Peut-être même la sienne... Bon sang, tout son instinct d'ancien flic lui criait le contraire !

Négligeant de battre les roseaux comme il l'avait fait jusqu'alors, Robert marcha dans la direction qu'indiquait l'empreinte. Il n'y avait pas à se tromper. Les joncs étaient nettement marqués par le passage de quelqu'un.

Au bout d'une dizaine de pas, Robert trouva une

seconde empreinte, moins nette que la première, mais facilement identifiable. Il serra plus fort son fusil. Il écarta de la main un épais bouquet de joncs, s'arrêta net, un goût de bile lui remontant dans la gorge.

A deux mètres de lui, il pouvait voir un autre canard mort. Mais ce n'était pas le canard qu'il regardait.

Il avait retrouvé Miquette... Ou plus exactement ce qu'il en restait...

*
**

— Tiens, l'René Mathy ! Ça faisait longtemps qu'on t'avait pas vu ! On se demandait si t'avais pas décidé d'aller en cure de désintoxication !

— Ou si t'avais pas une crise delirium tremens !

L'entrée de René dans le café avait été saluée par une bordée de plaisanteries plus ou moins douteuse et de rires gras. Mathy grimaça un sourire. Il n'aimait pas qu'on le charrie, mais il avait trop soif pour se fâcher. Il alla s'asseoir à sa table habituelle et le Georges Leclerc lui apporta une bouteille de blanc bien fraîche, avec un verre, sans même qu'il ait à l'appeler.

Le premier verre, René Mathy le sifflait toujours cul sec, histoire de se mettre en jambe. C'était seulement après qu'il commençait à savourer sa chopine. Il ne faillit pas à la tradition. Bon Dieu, que ce premier verre fut bon !

Tout à sa joie d'alcoolique, René Mathy descendit la moitié de sa bouteille sans presque reprendre son souffle, en proie à des pensées incohérentes. Après le quatrième verre, il leva le nez, essuya sa moustache d'un revers de main et regarda tout autour de lui. Les autres consommateurs ne faisaient déjà plus attention à sa présence. Il y avait là le Maurice Thénard et le Noël Lavaux, des habitués comme lui. Et le fils Ratier, avec plusieurs copains. Ils buvaient de la bière. René Mathy n'aimait pas la bière. Ça le faisait péter. Il y avait...

René Mathy porta son attention sur la Nicole Terrier et le gars qui était assis à côté d'elle, sur une banquette, dans le fond de la salle, à côté du juke-box. Elle profitait que son père était à la chasse pour aller au bistrot avec son jules, cette garce ! Si le Paul les surprenait, ça irait très très mal !

Surtout qu'elle avait une tenue, la Nicole ! Sournoisement, René Mathy reluqua ses petits nichons moulés sous le tee-shirt taché de sueur sous les aisselles. Elle ne portait pas de soutien-gorge et ça se voyait comme si elle était nue. Les pointes dardaient que c'en était indécent ! Elle se collait à son mec, un brun avec un blouson de motard et des bottes ornées de clous. Sale genre...

Tout à coup, la petite Élodie, la fille Leclerc, passa dans la salle. C'était une des rares enfants que René Mathy tolérait, parce qu'elle était discrète, pas emmerdante, et toujours polie avec lui, pas comme les autres mômes du pays, ces merdeux !

La gamine tenait un chaton dans ses bras. Elle le vit et lui sourit. Par-dessus son verre, il lui fit signe d'approcher. Elle obéit.

— Bonjour, l'Élodie, dit René. Dis donc, t'en as un beau petit chat !

Élodie loucha sur son minet. L'espace d'un instant, elle eut l'air toute malheureuse.

— C'est parce que Tambour est mort, expliqua-t-elle.

— Tambour ?

— C'était mon chat... On l'a à moitié dévoré l'autre nuit ! Alors papa m'a donné celui-là ! Il s'appelle aussi Tambour !

Les paroles d'Élodie Leclerc avaient fait naître un étrange malaise dans le cœur de René Mathy. Mais l'ivrogne n'eut pas le loisir de questionner la fillette. Une voix de femme retentit, de la porte qui donnait sur la cour de derrière :

— Élodie, viens ici tout de suite ! Tu sais que t'as pas le droit de traîner dans la salle !

Avec un sourire d'excuse, la fillette s'éclipsa. Plein d'amertume, René Mathy retourna à sa bouteille. Le père et la mère d'Élodie étaient bien contents qu'il vienne dépenser ses sous chez eux, mais ils ne voulaient pas que leur fille lui parle... C'était comme ça avec tout le monde! Haineux, René Mathy remâcha un instant cette évidence : on ne l'aimait pas, dans le village. Mais après tout, lui non plus n'aimait personne!

Nicole Terrier et son motard se levèrent et passèrent devant lui pour se diriger vers la porte du bistrot.

— Alors l'René, s'écria Nicole, tu tiens la forme?

Mathy ne répondit pas. Riant aux éclats, Nicole Terrier suivit son bon ami. Elle tortillait au cul comme une oie, dans son short en jean qui lui venait ras les fesses. René la suivit des yeux en grommelant des appréciations peu flatteuses. Pour sûr qu'elle avait pas non plus de culotte là-dessous! Une vraie pute...

Mais une pute qui le faisait bander dans son vieux pantalon de velours...

Furieux de se sentir excité dans sa chair, Mathy leva la main. Le Georges lui apporta sa seconde chopine.

***

— Nom de Dieu de nom de Dieu de...

Luc Gérard jurait sans discontinuer. Robert Matthieu trouvait qu'il y avait de quoi. Lui-même avait du mal à rester calme, à ne pas crier sa colère au ciel. S'il n'avait pas eu toutes ses années de policier pour l'endurcir...

Rarement, Matthieu avait eu à examiner un cadavre aussi effroyablement mutilé, et le fait que ce cadavre soit celui d'un chien ne changeait rien à l'affaire. C'était presque incroyable. « On » s'était acharné sur cette pauvre Miquette avec une cruauté sadique. La chienne avait été égorgée et éviscérée, les os de la cage thoracique brisés, le cœur et les poumons déchiquetés. Une patte arrière manquait, arrachée au niveau du bassin, et, sur la face interne de l'autre patte, de profondes traces de morsure étaient imprimées. C'était précisément ces traces que Robert étudiait, tournant et retournant entre ses mains la carcasse déjà raidie.

— Mais qu'est-ce qui a bien pu faire ça? gémit Luc Gérard. Il y a un fauve qui s'est échappé d'un cirque, ou quoi?

Robert Matthieu reposa le cadavre de Miquette. Son visage s'était durci, sa bouche se crispait en une moue autrefois bien connue de ses collaborateurs.

— Ce n'est pas un animal, dit-il sèchement. C'est un être humain.

Luc Gérard ouvrit une grande bouche et ses yeux s'arrondirent derrière ses lunettes.

— Un... un être humain! bafouilla-t-il. Vous êtes fou!

— Non, les morsures ont été produites par des dents humaines. Montrez-moi la semelle de vos waters.

Éberlué, Luc Gérard souleva un pied. Un seul coup d'œil suffit à Robert.

— J'ai trouvé des empreintes de bottes. Elles ne correspondent pas aux vôtres. Aux miennes non plus... Est-ce que quelqu'un d'autre a battu les roseaux par ici, ce matin?

— Je... Non! Alain Bidault avait le poste numéro dix, donc il se trouvait plus haut en direction de la digue... Philippe Lacour était au onze... Non, il n'y a eu que nous pour remonter l'étang sur cette rive.

— Donc les empreintes de bottes appartiennent à quelqu'un qui se trouvait caché dans les roseaux, entre votre poste et le mien. Et c'est ce quelqu'un qui... qui a fait ça!

Il montrait le corps mutilé du cocker. Luc Gérard resta une seconde figé avant d'exploser :

— Mais enfin, ça ne tient pas debout! Un homme qui boufferait un chien! C'est dingue!

— Si vous saviez le nombre de choses dingues que j'ai vu au long de ma carrière de flic...

Luc Gérard secouait la tête, le regard douloureux.

— Et... ça serait la même personne qui...

— Qui a bouffé les poulets de Paul Terrier et qui a massacré les chats du village.

— Un fou!

— Sans aucun doute. Il existe des formes de démence qui poussent les malades à mutiler des animaux, voire à se mutiler eux-mêmes. Un psychiatre vous en dirait plus long que moi là-dessus.

Luc Gérard poussa un profond soupir. Il montra le corps de Miquette.

— Qu'est-ce qu'on va faire ?

— J'ai une bâche en plastique dans la Lada. On va y mettre cette pauvre bête et on va aller à la gendarmerie. Il est grand temps qu'elle s'occupe de cette histoire !

Luc Gérard acquiesça. Il semblait complètement perdu.

— Et... pour la passe de ce soir ? Je n'ai plus tellement le cœur à chasser.

Robert Matthieu soupira.

— Moi non plus... Surtout quand je pense que ce dingue est peut-être encore tout près de nous...

Luc Gérard devint tout pâle.

Le gendarme de garde était un jeunot qui devint verdâtre à la vue du corps déchiqueté de Miquette. La qualité d'ancien commissaire de police judiciaire de Robert l'impressionnait. Mais lorsque Matthieu lui demanda, avec doigté, comment ses camarades de brigade comptaient s'y prendre, il ne put que répondre :

— On va interroger les gens un peu partout. Mais vous savez, on n'a pas beaucoup d'effectifs. Et on va tomber dans la période des retours de vacances d'août. Les routes vont nous occuper...

Robert Matthieu n'insista pas. De retour à la Lada, il dit à Luc Gérard :

— Je les connais. Ils vont faire ce qu'ils peuvent, mais ils ne trouveront rien.

— Pourquoi ?

— Parce que les gendarmes n'ont pas l'habitude d'enquêter sur de telles affaires. Il faudrait traiter ça comme un homicide... Scientifiquement, dirai-je... Pourquoi voudriez-vous que de simples gendarmes se crèvent le cul pour des histoires de chiens et de chats égorgés ?

— Tout de même...

— Et quel paysan va aller porter plainte pour une affaire de lapin ou de poulet saigné ?

Luc Gérard garda le silence un instant.

— En tout cas, dit-il enfin, entre ses dents, si je peux avoir au bout de mon fusil le fumier qui fait ça, je vous jure que je le plombe sans hésiter !

Robert Matthieu regarda le secrétaire.

— C'est bien ce que je crains, répliqua-t-il. Personne ne va porter plainte, mais tout le monde va charger son fusil... Les méthodes d'autodéfense, mon ami, je n'approuve pas !

Un lampadaire projetait sa lumière jaune sur le portail de la maison de R. Matthieu, mais, de l'autre côté de la route, le verger où se tenait Marie était dans l'ombre. Il faisait doux, et le vent charriait une lointaine odeur d'étable.

La nuit était tombée et Marie attendait toujours. Réprimant un soupir, la jeune femme écouta le tintement des cloches de l'église du bourg. Elle compta onze coups. R. Matthieu allait-il rentrer où dormirait-il là où il chassait ?

Marie se demandait pourquoi elle attendait ainsi, cachée comme une voleuse en face de cette maison. Elle ne faisait que suivre son instinct. Elle aurait bien aimé que ses dons de sorcière lui eussent permis de deviner l'avenir, de lire ce mystère comme dans un livre. Mais il n'en était rien. Une sorcière, ou une fée, comme disait Ed, ce n'était pas du tout comme dans les contes pour enfants. Elle n'avait rien d'une magicienne. Tout juste si elle était une sorte de médium. Et si elle décidait de jeter un sort sur cette demeure, ça ne lézarderait même pas le crépi de la façade !

L'idée parut tellement comique à Marie qu'elle pouffa de rire toute seule. Mais son rire s'éteignit. Des phares de voiture apparaissaient au bout de la rue. A l'instant, Marie sut qu'il s'agissait là de ce fameux R. Matthieu. Elle s'accroupit derrière le tronc d'un pommier.

Une Lada Niva stoppa à moins de cinq mètres d'elle et elle retint son souffle. La porte côté passager s'ouvrit et une petite fille sauta du 4x4. Malgré elle, Marie émit un petit gémissement. Elle ne s'était pas trompée ! C'était cette fillette qui l'avait appelée au secours. Elle ne l'avait jamais vue, mais elle le savait.

La petite fille ouvrit le portail. Mais à ce moment, un autre 4x4 s'arrêta, juste derrière la Lada. Sans stopper le moteur, son conducteur, un grand moustachu en descendit et s'approcha de la voiture de Matthieu. Marie perçut les ondes qu'il dégageait. Des ondes fortes, positives, qui la rassurèrent.

— Je crois qu'elle va bien dormir, dit l'homme à R. Matthieu qui avait abaissé sa vitre.

— Oui, répondit la voix d'un homme plus âgé. Vous ne voulez pas en boire un dernier, Philippe ?

— Oh non ! Je consulte demain, et j'ai hâte de retrouver mon lit...

Il y eut un silence. L'homme ajouta :

— Ç'aurait pu être une belle ouverture.

— Oui, répondit le conducteur de la Lada. Ç'aurait pu...

A ce moment, la fillette reparut. Elle courut vers le nommé Philippe.

— Bonsoir, monsieur Lacour, dit-elle.

— Bonsoir, Jennifer... Bonsoir, Robert.

— Bonsoir, toubib !

Marie retenait son souffle. Lacour retourna à sa voiture, démarra. Il passa devant Marie, qui le vit faire un signe amical de la main, auquel la fillette répondit. Puis la Lada manœuvra et franchit le portail. La petite fille entreprit de le refermer. Elle laissa son regard errer dans la rue.

Il croisa celui de Marie, cachée dans le verger. La petite se figea, ouvrit la bouche. Marie savait qu'elle ne pouvait pas la voir, mais elle sentit qu'elles communiquaient. Un élan d'amour inexplicable la saisissait pour cette enfant, au point qu'elle avait envie de se lever et de courir vers elle. Elle voulait la prendre dans ses bras, la serrer contre elle, lui dire qu'elle devait surmonter son chagrin suite à la mort de son papa, au départ de sa maman, lui dire qu'elle la protégerait contre tous ceux qui lui voulaient du mal, contre *le Mal lui-même...*

— Eh bien, Jennifer, cria la voix de R. Matthieu, dans le noir. Tu rêves?

La fillette tressaillit et la communication se rompit. Le portail se referma.

Marie demeura encore de longs instants cachée dans le verger, à tenter de surmonter son émotion, à se demander comment, en une seule seconde, elle avait pu tout deviner de cette enfant, savoir qu'un danger mortel la menaçait, dont elle n'avait évidemment pas conscience, MAIS QU'ELLE PRESSENTAIT. Jennifer était-elle de... de sa race? Non. Elle ne le pensait pas.

Elle sortit enfin de sa cachette et, restant dans l'ombre, s'éloigna de la maison de R. Matthieu, en direction de son hôtel. Elle pensa à l'homme de grande taille. Il s'appelait Philippe Lacour. Et pour ce qu'elle avait pu comprendre, il était médecin.

Marie se fendit d'un petit sourire en coin. Un plan commençait à se faire jour dans sa tête...

***

Philippe Lacour ouvrit la porte qui donnait sur la salle d'attente et réprima difficilement un haussement de sourcils appréciateur en voyant la jeune femme brune qui se leva et s'avança vers lui, un sourire un peu contraint sur ses lèvres. En un regard, il nota qu'elle était vêtue simplement, mais avec élégance, qu'elle était grande et — ma foi — bigrement bien foutue! Elle passa devant lui, toujours souriante, et il perçut l'effluve de son parfum. Il pensa que ce n'était pas tous les jours qu'il recevait en consultation, dans son cabinet de campagne, une pareille créature.

Pendant que la jeune femme s'asseyait, du bout des fesses, sur le siège qu'il lui indiquait, il contourna son bureau et jeta un regard sur la fiche que sa secrétaire avait remplie. Marie de Roche-Lalheue. Ce nom ne lui disait rien. Une personne de passage, sans doute, peut-être une touriste. Le bourg présentait assez d'attrait et il y avait une telle profusion d'églises romanes dans le coin pour attirer des étrangers désireux d'échapper aux plages encombrées du Midi.

— Qu'est-ce qui vous amène, mademoiselle? demanda-t-il.

La jeune femme sembla réfléchir. Puis elle répondit :

— Je souffre d'angoisses, docteur, et j'ai mal dans la poitrine.

Philippe cilla, saisit un stylo.

— Des antécédents coronariens, angineux, dans votre famille? demanda-t-il.

— Non, à ma connaissance.

— Vous-même, jamais de problème cardiaque?

— Non.

— Quel âge avez-vous?

— Vingt-cinq ans.

— Parlez-moi de ces angoisses ?

La jeune femme inspira profondément. Son regard s'était fait étrangement absent.

— Il faut que je vous dise, docteur, que l'été dernier, j'ai vécu des moments... pénibles. J'ai perdu ma grand-mère et mon fiancé dans des circonstances tragiques et... un fou avait commis plusieurs meurtres tout près de chez moi...

Philippe écoutait attentivement. Sans savoir pourquoi, il se sentit captivé par ce récit. Cette Marie de Roche-Lalheue était différente de ses autres patientes. En quoi, il n'aurait su le dire. Mais il se sentait... comment dire... accroché. Oui, accroché! C'était exactement ça.

— Tout cela m'a perturbée, poursuivit la jeune femme. Je dors peu, je fais des cauchemars et il m'arrive d'avoir mal...

Elle indiqua son cœur et son épaule gauche. Philippe réfléchit quelques instants. Il n'arrivait pas à savoir pourquoi, mais quelque chose sonnait faux dans le récit de cette belle étrangère. Pourtant elle n'avait pas l'allure d'une de ces personnes un peu hystériques qui s'inventent des maux et viennent consulter un médecin pour l'unique plaisir de se déshabiller devant lui.

— Bien, dit Lacour. Je vais vous examiner...

Il se leva, fit signe à la jeune femme de passer dans la petite salle d'examen, à côté de son bureau. Il affecta de compulser des documents pendant qu'elle déboutonnait son corsage.

— J'enlève aussi mon soutien-gorge, docteur? demanda-t-elle.

— S'il vous plait...

Malgré lui, Philippe Lacour ne put retenir un regard en coin. Il avait beau être blasé, il n'en restait pas moins homme et cette fille était belle. Très belle...

Sa bouche lui parut toute sèche lorsqu'il put voir les seins de cette demoiselle de Roche-Lalheue. C'était tout à fait le genre de poitrine qu'il aimait. Lourde mais ferme, arrondie, avec des aréoles couleur de prune...

— Je... j'enlève ma jupe?

Il sourit.

— Non, ce n'est pas la peine. Allongez-vous...

Elle s'installa sur la banquette de skaï recouverte de papier jetable. Il prit son stéthoscope et se pencha sur elle. Elle eut un petit tressaillement lorsque le métal froid se posa sur sa peau, juste sous le sein gauche. Philippe Lacour ferma les yeux et s'efforça de n'écouter que le bruit sourd du cœur dans ses oreilles.

Marie avait du mal à se retenir de rire, et à respirer profondément et calmement, ainsi que le docteur Lacour le lui avait demandé. Même si elle n'avait bénéficié d'aucun don extra-humain, elle n'aurait guère eu de mal à deviner le trouble du praticien. La lueur dans ses yeux avait été explicite, lorsqu'elle avait enlevé ses vêtements. Ce qui l'étonnait un peu, c'était qu'elle ne détestait pas troubler ainsi ce garçon. Elle n'avait plus ressenti ça depuis Thomas.

Pendant qu'il l'auscultait, elle le détaillait discrètement. Ce n'était plus un gamin, elle pensa qu'il devait avoir entre trente-cinq et quarante ans. Il avait un visage avenant, une grosse moustache noire et elle le sentait réservé, très professionnel. Elle eut l'intuition que ce devait être un bon médecin, aimé de ses patients.

— Redressez-vous, dit-il.

Elle obéit. Il se mit à la palper, sous les seins, puis sur les côtés de la poitrine. Une pensée totalement incongrue traversa son esprit. Elle aimerait beaucoup, mais… vraiment beaucoup, qu'il la touche ainsi dans un tout autre but que celui de déceler en elle une quelconque maladie. Elle se sentit rosir.

Elle fit un effort pour en revenir au but réel de sa visite chez Philippe Lacour. Comme il se redressait, l'air perplexe, elle dit :

— J'ai également d'étranges obsessions, docteur… En ce moment, voyez-vous, une pensée me hante… J'imagine une petite fille blonde, qui vit chez son grand-père. Lui, c'est un passionné de chasse. Elle, elle a… perdu son père… et sa mère est partie pour un long voyage. Un danger les menace. Inexplicable, inconnu. Mais terrifiant… Cela rampe autour d'eux, ce n'est pas encore déclaré, mais ça se rapproche… Et c'est moi, moi seule qui peux les aider.

Elle se tut. Philippe Lacour ne disait rien. Elle leva ses yeux sur lui. Il était figé, le regard fixe. Il avait la pâleur du marbre.

Un instant passa. Marie sentit l'effort que faisait Philippe Lacour pour se reprendre. A vrai dire, elle n'aimait pas ce qu'elle faisait, lui raconter des histoires. Mais elle ne savait comment agir autrement. Elle aurait pu l'influencer, agir télépathiquement sur lui, en quelque sorte l'ensorceler. Mais elle répugnait à un tel procédé. Ce garçon était droit. Elle ne voulait pas qu'il devienne un jouet entre ses mains.

— C'est… c'est très étrange, dit Lacour avec quelque difficulté. Et… cette pensée… vous l'avez depuis longtemps ?

— Non. Depuis quelques jours seulement. J'ai décidé de changer d'air, de prendre des vacances. Je suis venue dans ce bourg, un peu au hasard. Mais j'ai toujours cette pensée… Je dirai même que je l'ai encore plus ici qu'ailleurs.

Philippe Lacour semblait cette fois complètement dépassé. Il tâtonna un peu pour saisir son tensiomètre et le lui passer autour du bras.

— Treize-huit, dit-il au bout d'un instant, la libérant. Et... de telles angoisses, en avez-vous jamais eues autrefois, ou quand vous étiez enfant ?

— Non... Rien de tel.

— Bien, bien...

Lacour se détourna.

— Je peux me rhabiller ? demanda innocemment Marie.

— Oui, bien sûr, répondit le médecin en louchant une dernière fois sur ses seins nus.

Il se rendit dans son bureau. Marie remit son soutien-gorge, son corsage.

— J'hésite toujours à l'avouer, dit-elle en rejoignant le praticien, surtout devant un médecin, mais... je suis médium. C'est pourquoi je prends très au sérieux ces pensées obsessionnelles.

Philippe Lacour la dévisagea, ébahi.

— Vous êtes médium, vraiment ?

— Oui. Mais je ne pratique pas. Je ne donne pas de consultations, je ne fais pas tourner de tables et je me refuse à entrer en contact avec quelque esprit que ce soit. Mais... il m'arrive d'avoir des prémonitions. C'est... très éprouvant, surtout si ces prémonitions sont négatives.

Philippe Lacour ne répondit pas. Il était songeur. Marie lisait dans ses pensées à livre ouvert. Philippe la croyait, de tout son instinct, mais sa raison lui criait de refuser cette croyance. Et surtout il avait *peur*, épouvantablement peur, pour Jennifer et son ami Matthieu.

Il prit néanmoins sur lui, la considéra avec des yeux un peu plus professionnels.

— Je ne peux guère me prononcer sur vos pensées obsessionnelles, mademoiselle de Roche-Lalheue. Je ne suis pas analyste... bien qu'à vrai dire je ne croie pas que vous releviez de la psychanalyse. En ce qui concerne vos douleurs à la poitrine, je n'ai rien noté d'anormal... Bien sûr, vous pourriez faire un électrocardiogramme, mais, pour l'instant je vais simplement vous prescrire un léger tranquillisant (il rédigea une ordonnance).

— Un tranquillisant ?

— Ces douleurs sont certainement d'origine nerveuse. Mais quand vous rentrerez chez vous, vous pourriez consulter votre médecin traitant.

Marie secoua la tête.

— Pour l'instant, je n'envisage pas de rentrer chez moi.

— Vous travaillez ?

— Je suis libraire et ma sœur me remplace. Je n'ai pas envie de m'éloigner d'ici… au cas où mes prémonitions s'avéreraient exactes. Si cette petite fille existe, je dois l'aider.

A nouveau, Philippe Lacour se troubla. Mais, presque aussitôt, son visage s'éclaira. Marie retint un sourire, devinant ce qu'il allait lui dire.

— Eh bien dans ce cas… je pourrai vous revoir… pour savoir ce que donne votre traitement.

Marie acquiesça. Elle mit la main à son sac.

— Non, dit Lacour, vous me réglerez la prochaine fois.

— Et si je quittais la ville impromptu ? répliqua Marie en souriant.

Philippe rougit.

— Je voudrais vous demander encore quelque chose, docteur, reprit la jeune femme. Mais c'est extra-professionnel.

— Je vous écoute…

— Je suis descendue à l'*Hôtel des Ducs*. La carte y est très bonne, mais pour une pension, un peu chère. Ne connaîtriez-vous pas un restaurant qui soit plus abordable ?

Lacour sourit.

— Bien sûr… Il y a… (Il cita plusieurs noms, hésita, puis, se décidant brusquement :) Si vous me le permettez, mademoiselle, j'aimerais vous inviter à dîner. Nous pourrions parler de ces prémonitions… A mon cabinet, je suis un peu limité en temps.

Il avait à nouveau rougi et Marie trouva cela délicieux. Un homme de son âge, qui rougissait comme une fillette. Très étonnée, parce que, somme toute, c'était elle qui lui avait télépathiquement dicté cette invitation, elle sentit qu'elle rougissait à son tour. Charmée de leur confusion réciproque, elle répondit :

— J'accepte avec plaisir. Je serai heureuse de parler de cela avec vous. Quand j'évoque mes dons de médium, j'ai toujours peur qu'on me prenne pour une folle.

— Oh, mais je ne vous prends pas pour une folle ! Seulement… (Il parut sur le point de parler, se reprit et conclut :) Tout ça est très singulier…

Ils se levèrent. Il la raccompagna à la porte de son bureau.

— Ce soir, à votre hôtel à vingt heures ?

— Entendu.

Ils se serrèrent la main.

CHAPITRE VI

Quelques minutes après vingt heures — une femme doit toujours se faire un peu désirer —, Marie montait dans le Range-Rover de Philippe Lacour. Elle apprécia l'intérieur cuir. Depuis le retour d'Ed, qui roulait en cabriolet Jaguar, elle avait appris à apprécier les voitures luxueuses.

— Où m'emmenez-vous ? demanda-t-elle, souriante.

— Un peu en dehors du bourg. Il y a une excellente auberge.

Le médecin était habillé sport. Elle-même portait une robe rouge sombre, discrète, mais qui la mettait en valeur, elle le savait. Elle avait envie de séduire cet homme. Elle aurait pu agir directement sur son esprit, s'imposer à lui. Elle savait qu'elle trichait. Mais elle ne voulait pas faire QUE tricher.

— Vous avez une bien grosse voiture, dit-elle. Est-ce pour transporter votre nombreuse famille ?

Il eut un petit rire.

— Je n'ai pas de famille. Mais... hem... je suis chasseur. C'est un engin très pratique pour ce sport.

Marie ne répliqua pas. Philippe Lacour balança un instant et reprit :

— Vous m'avez dit que vous hésitiez à parler de vos dons de médium. Moi, j'hésite un peu à dire que je suis chasseur. C'est assez mal vu.

Elle ne répondit pas tout de suite, devina qu'il regrettait de s'être confié. Elle le rassura :

— Je n'aime pas la chasse. Mais je n'ai jamais prétendu ne pas aimer les chasseurs.

C'était un peu provocant et elle sentit son trouble. Ils ne dirent plus rien jusqu'à ce qu'ils se retrouvent à l'auberge, un établissement confortable, coquet, avec une grande cheminée où, malgré la chaleur ambiante, brûlait un grand feu.

— Ils font d'excellentes grillades, dit Philippe après qu'ils se furent assis. Si vous aimez la viande, nous pourrions prendre une côte de bœuf pour deux.

Elle hocha la tête. Il passa commande. Il ne la quittait pas des yeux. Elle pensa à Thomas. Elle éprouvait une sensation de trahison. Une subite tristesse vint la refroidir.

— Que se passe-t-il ? demanda Philippe Lacour. J'ai vu votre regard qui changeait.

Elle baissa les yeux.

— Des souvenirs... peu agréables. Excusez-moi.

— Ce qui vous est arrivé... l'été dernier ?

— Oui. C'est ça.

— Je suis désolé.

Tout à coup, Marie voulut parler. Trop de choses étaient enfermées dans son cœur depuis trop longtemps.

— C'était un peintre, dit-elle brusquement. Il arrivait des Etats-Unis. Ce fut... une sorte de coup de foudre et pourtant nous nous connaissions depuis toujours. Il m'a fait don de... de beaucoup de choses. Mais il n'est plus là. Il ne me reste que... que des tas de souvenirs et cette angoisse qui me colle à la peau.

L'arrivée du serveur apportant les apéritifs fit diversion. Gênée, Marie but une gorgée de son Martini blanc.

— Justement, dit Philippe, cette angoisse, s'est-elle développée à partir d'événements précis ?

Marie eut un sourire amer.

— Oh oui ! Le meurtre de ma grand-mère et celui de mon fiancé.

Philippe écarquilla les yeux. Marie reprit :

— Peut-être n'y avez-vous pas fait attention à l'époque. Les journaux en ont parlé. Le fils d'un couple de fermiers, un débile mental... Il s'est rendu coupable de plusieurs assassinats... dans des circonstances assez horribles. Il a même tué ses parents. Eh bien...

— Oui ?

— Il a été abattu par un gendarme... alors qu'il était en train de... de m'étrangler... après m'avoir violée.

— Oh, mon Dieu !

Philippe Lacour était visiblement bouleversé. Il tendit la main, par-dessus la table, et la posa sur celle de Marie. La jeune femme frémit, mais ne se déroba pas. Elle était glacée. Elle revivait les atroces événements de l'été précédent[1]. Le contact de la main sèche et forte du médecin lui était agréable.

— Et cet homme avait tué... votre grand-mère et votre fiancé ?

— Oui... En quelque sorte.

Lacour la lâcha.

— Je... je ne sais quoi dire, murmura-t-il. Je comprends que vous puissiez vous sentir perturbée.

Il se reprit :

— Et vos dons de médium, se sont-ils révélés à ce moment-là ?

— Précisément.

— Parlez-moi de ça.

Marie hésita. On leur apportait leur côte de bœuf.

— Un peu plus tard, si vous voulez. Je vous en ai déjà beaucoup dit.

Ils se mirent à manger. Avec un peu de difficulté au début, puis plus naturellement, Philippe Lacour parvient à faire dévier la conversation. Ils parlèrent chasse. Marie ne cacha pas qu'elle considérait comme cruellement gratuit de tuer des animaux pour le plaisir. Il en convint.

— Mais la chasse est un instinct ancré au cœur de l'homme. Nous sommes tous des assassins en puissance. Bien sûr, ce n'est pas une excuse, mais ça peut être une explication. Le coup de fusil est un exutoire pour le mal qui sommeille en nous. Je préfère tuer un sanglier qu'un homme... mais je ne peux m'empêcher de tuer. Je ne suis pas parfait.

1. *Cf : Roche-Lalheue.*

Marie considérait fixement son vis-à-vis.

— Le Mal, dit-elle doucement. C'est mon ennemi.

— Quoi ? Que voulez-vous dire ?

Marie inspira profondément.

— J'ai senti que cette fillette m'appelait. J'étais dans ma librairie, je travaillais... et tout d'un coup, ce fut aussi net à mes oreilles que si elle m'avait parlé au téléphone. Elle avait peur parce que... c'était le Mal qui rampait auprès d'elle. Un Mal indescriptible, inexplicable, qui ne répond à aucune logique. Mais il est là... Il s'abreuve de sang, de mort... Il prend de la force, de la vie... Philippe, je ne suis pas folle ! Je le vois... pareil à quelque chose de noir, d'informe... C'est... c'est elle qu'il veut... et c'est moi qui dois m'élever contre lui !

Elle se tut. Elle en avait dit bien plus qu'elle n'aurait voulu. Mais elle était prise à son propre jeu. Pourquoi se le serait-elle nié ? Philippe Lacour lui plaisait, et elle se sentait bien de se confier à lui. Il y avait si longtemps qu'elle n'avait éprouvé une sensation pareille.

Elle frissonna quand il posa à nouveau sa main sur la sienne. Cette fois, ils se regardèrent. La gorge serrée, elle noua doucement ses doigts aux siens.

— Je connais cette petite fille, dit-il avec gravité. Elle vit au bourg, en compagnie de son grand-père. Et...

— Et ?

— Je... je ne sais pas si ce qui se passe est... une incarnation du... du Mal... Mais...

D'une voix sèche, Philippe Lacour révéla à Marie les étranges mises à mort d'animaux, dans la région. Quand il se tut, Marie était blême.

— C'est Lui ! s'exclama-t-elle, d'une voix étouffée. C'est Lui ! Il revient !

— Lui ? Mais qui ?

Elle lui serra plus fort la main.

— Philippe, il faut me faire confiance... Je... je dois veiller sur cette enfant. Mais il faut que je reste dans l'ombre. Vous comprenez... s'il se rend compte de... de ma présence, il risque de hâter les choses.

— Mais...

— Je ne sais pas encore comment je vais agir. Je veux comprendre. Mais par pitié... ne me considérez pas comme une folle ! Ce qui se passe est très grave. Beaucoup plus grave que vous ne l'imaginez.

— Marie... vous tremblez !

C'était vrai. Au point qu'elle eut du mal à porter son verre à sa bouche.

— Je n'ai plus très faim, souffla-t-elle. Je voudrais rentrer.

— Bien sûr... Vous êtes blême.

Lacour fit signe au garçon et, rapidement, régla l'addition. Ils se retrouvèrent dans le Range-Rover. Elle se recroquevilla sur son siège, glacée. Il démarra, roulant en douceur.

— Ce que vous m'avez dit défie tout ce que j'ai pu étudier, dit Lacour au bout de quelques instants. Tout ce qui fait la simple logique. Mais je pense que si vous me racontiez des histoires, vous ne vous mettriez pas dans un état pareil. J'ai peur pour vous.

— Pour ma raison ? murmura-t-elle faiblement.

— Pour votre vie... Pour celle de Jennifer.

— Jennifer...

— La petite. Écoutez, mademoiselle Roche-Lalheue, il faut que tout cela s'éclaircisse dans ma tête. Quoi qu'il en soit, je vous promets que je ferai très attention à Jennifer.

— Merci...

Ils arrivèrent au bourg. Il prit la direction de l'hôtel, s'arrêta devant, mais ne bougea pas de son siège. Elle ne bougea pas non plus. Cela, elle ne l'avait pas programmé, et elle n'influençait pas Philippe... comme elle avait fait, un peu plus tôt, pour qu'il la croie et ne la fasse pas enfermer.

Il hésita et, sans rien dire, remit la première. Elle ferma les yeux, son cœur battant à se rompre.

Elle ne les rouvrit que lorsque le Range-Rover stoppa devant une petite maison, à la sortie du bourg.

— Où sommes-nous ? demanda-t-elle.

— Chez moi.

Elle eut un faible sourire.

— J'espérais bien que vous me mèneriez ici...

Ils se regardèrent. Il se pencha doucement vers elle. Elle ne se détourna pas.

Quand il l'embrassa, le visage de Thomas explosa dans son esprit. Avec fureur, elle se cramponna aux épaules de Philippe Lacour.

Un peu grise, Marie considéra le corps d'homme endormi, à côté d'elle. Un bonheur profond l'habitait. C'était la première fois, depuis Thomas, qu'elle refaisait l'amour. Elle avait eu peur, au début, quand il l'avait déshabillée. Elle avait voulu qu'il éteigne la lumière. Il avait obéi, amusé. De toute manière, la lune éclairait la chambre, par la fenêtre ouverte. Elle l'avait trouvé beau, viril. Et lorsqu'il était entré en elle, elle avait eu l'impression que sa vie reprenait un sens. Devinant sa peur il l'avait possédée avec douceur et patience, l'apprivoisant petit à petit, jusqu'à ce qu'elle se donne sans réserve, en poussant des gémissements, puis des cris de bonheur. A l'instant de la jouissance, Marie avait compris qu'elle pouvait à nouveau vivre...

Elle se leva, s'approcha de la fenêtre, s'appuya sur le rebord, sans se soucier qu'on puisse la voir nue. Ses cheveux croulaient sur ses épaules. Elle leva la tête, ferma les yeux, heureuse de sentir un souffle de vent courir sur sa peau, séchant sa sueur et lui apportant une senteur d'herbe fraîchement coupée. Cette nuit respirait la paix. Cette nuit était une nuit de paix, d'amour... Demain, elle reprendrait le combat. Elle avait confiance. Elle sauverait Jennifer. Elle s'acquitterait de sa mission.

Deux mains se posèrent sur ses épaules, caressèrent ses flancs, coiffèrent ses seins. Une bouche baisa sa nuque. Elle eut un long frisson.

— Je suis bien, souffla-t-elle.

*
**

Jennifer aimait vivre avec son papy. Même si, de

temps en temps elle le trouvait un peu vieux et si ses habitudes de vie n'étaient pas, mais alors pas du tout, celles de ses parents. C'était drôle de penser que papy était le papa de maman. C'était drôle de penser qu'il avait pu la connaître aussi petite qu'elle l'était, qu'il l'avait élevée, comme il l'élevait maintenant. Mais Jennifer n'aimait pas trop penser à ses parents. Maman en voyage au Japon et papa... auprès de Dieu, comme lui disait doucement son papy, c'était trop dur. Jennifer n'aurait pas voulu que papy le sache, parce que ça lui aurait fait de la peine, mais quand elle était seule et qu'elle pensait à son papa et à sa maman, elle pleurait...

Mais pour l'instant, allongée sous un arbre dans le jardin, en maillot de bain, Jennifer ne pensait pas à papa et maman. Elle suivait des yeux papy qui nourrissait ses lièvres. Il était tout gai, papy, il chantait une drôle de vieille chanson. Pourtant, depuis quelques jours, Jennifer sentait chez papy une tension bizarre, une inquiétude qu'il essayait soigneusement de lui cacher, et qu'elle ne comprenait pas...

Papy referma la trappe d'accès à la mangeoire de la cage et revint vers elle. Il lui fit un large sourire. Comme elle l'aimait, son papy...

— Il faut que j'aille au pavillon, lui dit-il. Je vais mettre des faisans en volière.

Elle se leva d'un bond, remontant par réflexe son slip lâche.

— Tu m'emmènes ?

Papy hésita. Elle lui sourit, suppliante.

— Bon... alors va t'habiller. On part dès que j'aurai attelé la remorque à la Lada.

Il n'avait pas fini sa phrase que Jennifer courait vers la maison !

Les faisans couraient et s'envolaient de tous les côtés, se cognant contre le grillage et le filet tendu au-dessus de la volière. Ces animaux étaient vraiment stupides et Jennifer riait aux éclats. Ils auraient bien dû comprendre qu'ils ne pourraient pas s'échapper. Ils essayaient pourtant, encore et encore, comme de gros poulets sans cervelle.

— Voilà, dit Robert Matthieu. Allons-nous-en pour ne pas les affoler.

A regret, Jennifer suivit son grand-père. Elle aimait bien les faisans, leurs couleurs, leur beauté... et leur viande, quand c'était papy qui l'accommodait « avec un petit suisse à l'intérieur, sinon c'est trop sec! »

— Quand est-ce que vous les lâchez? demanda la fillette.

— La veille de l'ouverture.

Jennifer eut une petite moue.

— Ils ne sont pas difficile à tuer, alors!

Robert émit un petit rire gêné.

— C'est vrai... Mais tu comprends, ce n'est que du gibier de tir, incapable de se nourrir seul dans la nature. Nous avons une colonie de faisans sauvages, mais nous la laissons tranquille dans la réserve, en espérant qu'elle se développera. Le jour où elle sera assez importante, alors nous ne tirerons plus d'animaux de poulailler... Tu sais, ma chérie, ce n'est pas facile, de gérer une chasse, surtout en pleine région de culture, où les paysans épandent des tas de produits qui font crever les animaux sauvages.

Manifestement, l'art de la gestion cynégétique ne disait rien du tout à Jennifer. Robert la prit par l'épaule.

— Il fait chaud. Tu as soif?

— Oh oui! Je boirai bien un Coca!

— Alors avant de rentrer à la maison, on va faire un crochet par le café. Moi, j'ai envie d'une bière.

Robert et sa petite-fille remontèrent dans la Lada et prirent la route du village. Matthieu regardait Jennifer du coin de l'œil. Depuis trois mois qu'il l'avait avec lui, il la trouvait changée. Elle employait même des idiotismes locaux, quand elle parlait. Elle disait « j'y veux bien » pour « je veux bien » et, secrètement, cela le comblait d'aise. Et puis quelle belle gosse elle faisait! Dans le fond, Robert n'était pas du tout pressé que Marie-Paule rentre du Japon et la lui reprenne.

Une grosse Yamaha était arrêtée devant le café et Robert gara son 4x4 juste derrière. Jennifer fit le tour de l'engin, intéressée, mais la soif était la plus forte et, sans s'attarder, elle rentra dans le café, à la suite de son grand-père.

Il y avait pas mal de monde dans la salle, en cette fin de journée, et le juke-box braillait à tue-tête une chanson que Jennifer reprit en se tortillant comme une vraie rapeuse, ce qui provoqua des rires.

Depuis le temps que Robert Matthieu était actionnaire de la société de chasse locale, on le connaissait bien, au village. Il répondit à de nombreux saluts, dont celui de Nicole Terrier, la fille de Paul, qui était assise à côté d'un garçon en blouson de cuir, le propriétaire de la Yamaha, à en juger par le casque intégral posé à ses pieds. La jeune fille semblait un peu gênée qu'il la surprenne. Sans doute redoutait-elle qu'il rapporte des trucs à son père. Mais si Robert Matthieu se préoccupait justement de l'avenir de Jennifer et trouvait Nicole trop provocante, en maillot transparent et en short ultracourt, il n'allait pas non plus se faire de souci pour une autre. A chacun de surveiller ses poules quand le coq est lâché !

— Papy, je vais aux toilettes, chuchota Jennifer en se levant.

Elle sortit en ondulant son petit derrière et Robert, à la fois fier et fâché, surprit plusieurs regards masculins qui la suivaient. Bon sang, et si un jour elle se conduisait comme Nicole Terrier !

Comme dans nombre d'établissements campagnards, les toilettes, si l'on pouvait dire, se trouvaient derrière le bâtiment principal et se détectaient à l'odeur à cinquante pas. Rien à voir avec la propreté et l'hygiène auxquels une petite Parisienne de onze ans était habituée. Mais, une fois pour toutes, Jennifer avait admis que les provinciaux, son papy et M. Lacour exceptés, étaient des arriérés, et, stoïque, fronçant le nez, elle posa culotte et s'accroupit sur les w.-c. à la turque en évitant de regarder sous elle. Elle se dépêcha de faire pipi et sortit, le souffle court, sans ommettre de tirer la chasse et de refermer derrière elle. ELLE, elle était propre et soigneuse !

Revenant au café, elle aperçut une fillette, sensiblement plus jeune qu'elle, qui jouait avec un petit chat. Instinctivement attirée, elle s'approcha.

— Salut, dit-elle.

La petite leva la tête, lui sourit et répondit :

— Salut !

Jennifer hésita. Elle n'avait pas l'habitude des autres enfants, passant le plus clair de son temps chez son grand-père. Mais elle avait envie de parler, de jouer avec elle. En fait, ses amies lui manquaient.

— Il est joli, ton chat.

La petite eut un sourire un peu triste.

— Oui... Il s'appelle Tambour. Moi, je m'appelle Élodie. Et toi comment tu t'appelles ?

Ravie que ses avances soient si bien reçues, Jennifer répondit :

— Jennie !

— T'es pas d'ici. T'es en vacances ?

— Oui... Chez mon grand-père, monsieur Matthieu.

La petite hocha la tête. Elle tenait une brindille. Elle l'agita devant le nez du chaton qui se ramassa en boule, remuant son arrière-train, avant de bondir. Jennifer se mit à rire et, doucement, caressa le minet qui se retourna sur le dos et lui saisit la main de ses griffes minuscules, la mordillant de ses dents pointues comme des aiguilles.

— Ouch ! gémit Jennifer. Qu'il est mignon !

Élodie semblait tout attendrie. Mais ses yeux restaient tristes.

— J'avais un autre chat, dit-elle. Mais on me l'a mangé !

— Quoi ?

Jennifer regardait Élodie avec des yeux ronds. Le menton de la petite se plissa comme si elle allait pleurer.

— Oui... Une nuit... Au matin, on l'a retrouvé presque dévoré... Mon papa, il a dit que c'était une bête. Mais moi, je sais que c'est un homme très méchant qui a fait ça !

— Un homme ! T'es folle !

Incrédule, du haut de ses onze ans, Jennifer considérait Élodie. La fillette se dressa, brusquement furieuse, tapa du pied sur le sol.

— Personne me croit quand je dis ça ! cria-t-elle. Mais moi, je sais ! Tu veux que je te montre ?

— Mais... Oui !

— Alors attends !

Élodie saisit son chaton et disparut dans la maison, laissant Jennifer tout étonnée. Elle revint au bout de quelques instants. Elle tendit le poing fermé.

— Regarde !

Elle ouvrit la main. Jennifer eut un mouvement de recul.

Dans la paume d'Élodie, il y avait une dent. Une dent humaine...

Pendant plusieurs secondes, Élodie et Jennifer restèrent immobiles, contemplant le répugnant déchet. La dent était jaune, la racine bordée de tartre jusqu'à la moitié de sa longueur. Jennifer savait ce qu'était le tartre. Son dentiste parisien lui en avait parlé, la dernière fois que maman l'y avait menée.

— Où tu l'as trouvée ? demanda-t-elle.

— A côté de l'endroit où l'homme méchant a tué mon chat. C'est sa dent à lui !

Prodigieusement excitée, Jennifer approuva d'un vigoureux hochement de tête.

— Tu sais, dit-elle, mon papy, c'est un policier. Si tu lui montres la dent, je suis sûre qu'il va retrouver le coupable !

Élodie referma le poing, tout à coup indécise.

— Non... Pas la peine. Les gendarmes sont venus.

Froissée, Jennifer se rembrunit.

— Comme tu veux...

A ce moment, Robert Matthieu apparut dans l'encadrement de la porte de café.

— Jennifer, on va y aller, dit-il. Ton Coca t'attend.

Jennifer courut vers lui, lançant derrière elle un rapide :

— Salut !

Elle était furieuse. Quelle merdeuse, cette Élodie ! Faire confiance à d'autres policiers que son papy, « le meilleur flic de France », comme disait sa maman. Puisque c'était comme ça, elle ne lui raconterait pas, à papy ! Et si quelqu'un lui tuait son petit chat Tambour, ce serait bien fait pour elle, à Élodie !

René Mathy vit la Lada Niva du père Matthieu déboucher de la place et il serra à droite sur sa vieillle bicyclette. La Lada passa tout près de lui et Mathy put entrevoir la masse de cheveux blonds, le visage ouvert et bronzé de la fillette qui souriait. La petite-fille de Matthieu, celle qui venait de Paris. Une jolie gosse, pour sûr. Il se souvenait quand il l'avait aperçue, le jour où elle agrainait aux canards avec son grand-père, et...

Quelque chose se bloqua dans les pensées de René Mathy. Mais René Mathy n'y fit pas attention. Une autre pensée s'était imposée à lui, érotique, inavouable.

— Merde ! J'suis dingue ! grommela l'ivrogne.

Il se mit à rire de bon cœur en appuyant plus fort sur ses pédales. Qu'est-ce qu'il lui prenait, à c't'heure, de penser aux petites filles ! C'était la cinquantaine qui lui faisait ça, ou quoi ?

René Mathy y repensa toute la soirée. Il en rêva la nuit. Un rêve trouble où la petite fille se confondait avec Nicole Terrier et où lui, René Mathy, jouait un rôle violent.

Très violent...

Au matin, quand il se réveilla, René Mathy avait mal à la tête.

CHAPITRE VII

René Mathy ne se sentait pas bien. Il avait un fond de mal au crâne et l'état de semi-ivresse dans lequel il se trouvait ne parvenait pas à atténuer sa migraine. Ça ne l'empêchait pourtant pas de travailler. Torse nu sous la chaleur de début septembre, au volant du tracteur, mine de rien il en mettait un sacré coup. Il en était à son deuxième litre, mais le Paul Terrier ne pourrait rien lui reprocher. Pour une fois !

Au bout du champ, René Mathy arrêta l'engin. Il souleva son chapeau de paille et s'essuya le front. Il se tourna à demi et saisit sa besace. Dans la besace, il y avait le litron. Du rouge, quand il travaillait dur. Il le porta à ses lèvres.

A ce moment, il aperçut, sur sa gauche, une tache de couleur vive. Il abaissa sa bouteille et grimaça un sourire. Pas de doute, c'était la Nicole qui s'en allait dans les bois. Sûrement pas pour y cueillir des girolles, la salope !

René Mathy hésita un instant. Il se décida et, haussant les épaules à l'idée que le Paul pourrait survenir, il descendit de son tracteur, laissant le moteur tourner.

A pas de loup, il s'enfonça dans le bois à la suite de la fille de son patron. Elle n'était pas difficile à suivre. Elle allait droit devant elle, suivant un layon. Elle chantonnait la dernière scie à la mode. René reluqua son tee-shirt rouge sans manches, son jean délavé qui moulait son cul. Les animaux de la forêt devaient la voir à cinq kilomètres !

Nicole Terrier s'enfonça d'environ trois cents mètres sous bois. Elle déboucha dans une clairière et René Mathy qui, lui, savait se montrer discret, put apercevoir sans surprise, la moto et le beau brun qui attendait, assis sur une couverture qu'il avait dépliée, le délicat, à l'ombre d'un chêne, sur l'herbe tendre !

René Mathy gloussa de contentement en voyant Nicole et le garçon s'embrasser à bouche-que-veux-tu. Les mains du brun pelotaient gaillardement les formes appétissantes de Nicole. Mathy pensa que son rêve allait se réaliser. Il allait pouvoir s'en payer une belle tranche !

Les deux amoureux tombèrent à genoux et René Mathy rampa derrière un gros bouquet de fougères. Il s'installa confortablement, se léchant les lèvres, regrettant seulement de ne pas avoir emporté son litre avec lui.

Le brun enleva son maillot à Nicole et, pour la première fois, Mathy put enfin apercevoir, dévoilés, ces nichons qui l'avaient si souvent fait rêver. Ils étaient bien tels qu'il les imaginait. Pas très gros, mais bien formés et sûrement durs à plaisir ! Le garçon se mit à les caresser, avant de les embrasser. Mathy avala péniblement une salive épaisse. Il bandait comme un taureau !

Un instant, Nicole et son ami se caressèrent. Puis la jeune fille se releva pour enlever son pantalon. Mathy en eut un coup au cœur. Elle ne portait rien dessous, et il pouvait voir à plaisir son minou à la toison noire et drue. Ses tempes se mirent à battre de fièvre, son souffle se fit irrégulier. Un jeton comme celui-là, il n'avait jamais espéré pouvoir s'en taper un un jour. Il allait bien en profiter, vingt dieux !

Le brun se déshabilla à son tour, avec une fébrilité qui s'annonçait bien pour la suite du programme. Il était plutôt maigre et Mathy le considéra avec mépris. Un de ces merdeux de la ville, sans muscles, mais avec du baratin... et une grosse moto. Tout ce qu'il fallait pour tourner la tête à une bourrique comme la Nicole !

Pendant plusieurs minutes, les deux amoureux offrirent un spectacle choisi à René Mathy. Ils se pelotaient avec ardeur et même, un moment, la Nicole prit le garçon dans sa bouche, ce qui rappela au voyeur de bons souvenirs de l'époque de son service militaire. Ensuite, ils passèrent aux choses sérieuses. Malheureusement, ils ne firent pas de fantaisies, le garçon s'allongeant classiquement sur Nicole pour la baiser, et Mathy, qui avait espéré des positions qui lui permettraient d'en voir des vertes et des pas mûres, se sentit frustré.

D'autant plus que ça ne dura pas longtemps. Ils tiraient leur coup à la va-vite. Nicole poussa un cri et, presque aussitôt après, le garçon se releva. Aussi sec, sans parler, ils se rhabillèrent.

Furieux, Mathy recula dans son buisson de fougères. Il ne s'était pas assouvi. Son plaisir avait fait face à la fureur.

*
**

Jennifer jouait avec Ric et Lord, courant à travers le jardin et lançant une balle bleue que les deux chiens de chasse se disputaient ardemment. De temps en temps, elle jetait un regard curieux à la belle jeune femme brune qui accompagnait Philippe Lacour, et que ce dernier avait présentée comme « une amie ». Jennifer avait bien vu que le médecin rougissait, et la femme aussi, et elle avait eu du mal à ne pas sourire. Robert Matthieu avait paru étonné, mais avait salué la jeune personne avec courtoisie, puis il était allé chercher à boire. Elle était très belle, cette amie de Philippe et, sans savoir pourquoi, Jennifer se dit qu'elle l'aimait bien. Surtout que lorsqu'elle la regardait, la jeune femme avait dans les yeux la même lueur de tendresse que sa maman, Marie-Paule. Instinctivement, Jennifer savait que cette amie de Philippe était aussi son amie à elle.

Robert saisit la bouteille de scotch, se tourna vers la jeune femme :

– Encore une petite larme, mademoiselle ?

– Non, merci, refusa la dame.

– Et vous, mon cher Philippe ?

– Doucement, répondit le médecin en caressant sa moustache. En principe, j'ai fini ma journée, mais...

Robert servit néanmoins une copieuse rasade à son ami. Il se resservit lui-même, noya l'alcool de glaçons. En ce mois de septembre, il faisait plus chaud qu'en juillet et août.

Les trois adultes bavardaient. Jennifer se désintéressa d'eux. Jouer avec Ric et Lord était bien plus amusant.

— J'ai eu Paul Terrier au téléphone, dit tout à coup Robert Matthieu.

Philippe Lacour et Marie échangèrent un bref regard.

— Du nouveau ? demanda le médecin.

— Eh non... Il ne s'est plus rien produit depuis le jour de l'ouverture aux canards.

— Presque un mois...

Les deux hommes sirotèrent leurs whiskies, perplexes. Marie attendait.

— Pensez-vous qu'il puisse exister une folie... disons à éclipse ? demanda Robert.

Lacour haussa les épaules.

— Je ne suis pas spécialiste en maladies mentales, mais je pense que ça doit exister.

— Cela existe, dit alors Marie avec assurance. C'est ce qui explique ce qu'on appelait autrefois les phénomènes de possession. Ou le fameux dédoublement de personnalité. Un jour, on est parfaitement normal, mais le jour suivant...

Les deux hommes la considéraient avec un peu de surprise.

— Docteur Jekyll et mister Hide, quoi.

— Vous avez l'air de vous y connaître, observa Robert.

Marie se rembrunit imperceptiblement. Philippe hésita et, doucement, lui prit la main. Robert affecta de ne pas voir le tendre mouvement.

— J'ai pu approcher le phénomène de très près, dit la jeune femme.

Un ange passa. Robert reposa son verre, se racla la gorge.

— Je suis resté en contact avec les gendarmes locaux,

dit-il. Grâce à ma qualité, si je puis dire, d'ancien flic, ils ont bien voulu me donner des détails sur leur enquête. Comme je le pressentais, ils ne sont pas allés très loin. L'affaire est, somme toute, bénigne. Ils ont cherché à savoir si un vagabond n'avait pas été vu dans le coin. Ils pensaient qu'un type échappé d'un asile aurait pu tuer des animaux pour se nourrir...

— C'est ridicule ! grogna Philippe. Un étranger aurait été repéré tout de suite.

— C'est ce que je leur ai dit. C'est quelqu'un du coin qui a fait le coup. Il serait intéressant de remonter dans les antécédents psychiatriques éventuels de la population. Mais ce n'est pas un travail de gendarme. Et comme il ne s'est plus rien passé depuis trois semaines... à part quelques beaux orages.

— Justement, dit Marie avec sérieux. Ce sont les orages qui l'ont calmé. Mais il fait à nouveau chaud. « Il » va se réveiller.

A nouveau, Robert et Philippe la regardèrent. Lacour se racla la gorge. Il tenait toujours la main de Marie.

— Robert, dit-il, je dois vous révéler quelque chose... Marie est... est médium. Ne vous moquez pas. Je la prends très au sérieux.

Robert Matthieu resta un moment sans parler. Enfin, il dit :

— Je ne me moque pas, Philippe. Mais je ne crois pas aux médiums, c'est tout.

Il n'ajouta rien. Marie et Philippe restèrent muets, respectant ses pensées.

En réalité, Robert Matthieu réfléchissait. Il était troublé. Que Philippe lui ait présenté une femme qui était manifestement sa petite amie, et dont il semblait très amoureux, était assez surprenant. Mais que cette femme, d'emblée, et à propos d'une affaire à laquelle elle ne connaissait rien, fasse des remarques aussi pertinentes...

Rien ne s'était passé, effectivement, depuis le jour de l'ouverture aux canards. La mort de Miquette avait semé la consternation, puis la colère dans les rangs des chasseurs. On n'était pas allés à la passe du soir, mais à celle du lendemain, en prenant bien garde à ce que les chiens ne s'éloignent pas trop des maîtres. Pourtant le week-end suivant, comme cette surveillance rapprochée donnait des résultats désastreux au niveau du tableau de chasse, on avait laissé les animaux battre les roseaux un peu plus loin. Puis encore plus loin... Dimanche dernier, on avait fait comme si rien ne s'était passé. Luc Gérard avait acheté un jeune griffon korthal pour remplacer Miquette...

Mais au fond de lui, Robert savait que l'affaire n'était pas terminée. Et cette demoiselle de Roche-Lalheue pensait comme lui.

— Dimanche, c'est l'ouverture générale, dit Philippe. Vous pensez qu'elle sera bonne ?

Tiré de ses pensées, Robert dévisagea le jeune médecin. Il s'amusa de voir qu'il tenait toujours la main de sa belle.

— Pour le lièvre, ça m'étonnerait. Paul Terrier n'en a presque pas vu depuis le printemps. Par contre, il y a du lapin qui n'a pas attrapé la maladie.

— Et le perdreau ?

— Pas terrible... Notre élevage n'a pas donné les résultats escomptés. Il va falloir compléter avec du gibier de tir. Demain, je vais chercher cinquante perdrix grises à lâcher.

Philippe Lacour eut une moue de dépit.

— Du faisan et de la perdrix de tir, ce n'est pas de la chasse !

Robert soupira.

— Mais au moins, ça fait courir les chiens.

Il eut un petit rire.

— A propos de chien, quoi de neuf avec votre saint-hubert ?

Philippe eut une petite moue perplexe, tandis que Marie étouffait un sourire.

— Eh bien savez-vous que Marie l'a complètement apprivoisé ? Lui qui était si féroce envers les étrangers, à peine l'a-t-il vue qu'il s'est transformé en un gros toutou bonasse !

Robert haussa les sourcils d'étonnement. Il connaissait le grand chien courant de Lacour, acheté en vue de la chasse au cerf dans le Dijonnais. Un molosse pas commode, qui cachait sous ses dehors plissés et ses yeux langoureux un caractère difficile. Que cette demoiselle de Roche-Lalheue soit devenue son amie était assez surprenant.

– Elle a un fluide, reprit Philippe, regardant la jeune femme avec des yeux explicites. Elle peut charmer n'importe qui !

Marie rougit. Robert Matthieu eut un sourire. Il croyait Philippe sur parole. Il n'était que de le voir pour comprendre que Marie n'avait seulement charmé le saint-hubert.

Marie et Philippe rentrèrent à pied, se tenant main dans la main. Marie se rendait compte que Philippe était amoureux d'elle, et cela la mettait à l'aise. Elle avait influencé ce sentiment, mais elle en devinait la sincérité. De son côté, elle éprouvait pour le médecin une profonde inclination, outre le plaisir qu'elle avait de se donner à lui. Philippe lui faisait merveilleusement bien l'amour, et sa demeure était une sorte de havre de paix. Elle avait effectivement apprivoisé l'énorme chien fauve, le saint-hubert, qui se prénommait Démosthène, et qui devenait fou en la voyant, la renversant presque sous lui pour la lécher et piaillant comme un chiot. Le second chien de Philippe, un fox-terrier nommé Bastos était moins expansif, mais lui manifestait également de l'amitié.

Oui, Marie se sentait bien avec Philippe Lacour. Depuis presque un mois que durait leur liaison, elle avait pris des habitudes, se consacrait au jeune homme sans arrière-pensée, sinon celle de Jennifer et du Mal qui la menaçait. Pour le reste, elle se prenait à songer qu'il n'aurait pas été désagréable de continuer plus longuement ce genre de vie. Mais une sorcière avait-elle le droit de tomber amoureuse, d'avoir une vie familiale ?

Marie secoua ces pensées moroses.

— Je suis contente que tu m'aies présentée à Matthieu, dit-elle à Philippe. Et surtout à Jennifer. Lui est très sympathique et sa petite-fille est adorable.

— Je suis désolé qu'il ait eu cette réaction lorsque j'ai dit que tu étais médium.

— Il ne faut pas. Je ne m'attendais pas à autre chose. Il n'est tout simplement pas prêt à admettre l'irrationnel. C'est un ancien policier, toute sa formation, son expérience, l'éloignent de ce que je suis. Mais ça ne fait rien, Philippe... Il faut que je puisse continuer à veiller sur eux. Ce que j'ai dit est vrai. Je sens que... que le Mal va se réveiller.

Impressionné, Philippe considéra la jeune femme. Marie se laissa aller contre lui.

— En ce moment, souffla-t-elle, je vis un bonheur que je n'espérais plus...

— Marie...

— Mais je sais que des heures tragiques se préparent. Il va falloir que je sois forte. Tu... tu m'aideras, hein?

— Marie! Mais bien sûr. Je...

Il lui releva le menton.

— Je t'aime, Marie, dit-il très bas. C'est comme ça... Et s'il faut que je me jette au feu pour toi, je le ferai!

Elle l'embrassa avec force, émue jusqu'aux larmes par son aveu.

— Je ne t'en demande pas tant, mon chéri, souffla-t-elle. Je veux seulement assister à votre chasse, dimanche.

*
**

Dans son sommeil de chrysalide, l'être avait perçu le trouble violent qui avait agité son complémentaire. Si violent qu'il était parvenu à le tirer de léthargie. A travers les sens du René — sa vue et son ouïe — l'être avait pu se rendre compte que deux proies se trouvaient à proximité, se livrant à une occupation qu'il ne comprenait pas.

L'être avait tenté provoquer une réaction d'attaque chez l'René. Mais l'excitation de son complémentaire était trop forte, et il n'avait pas répondu à son ordre. L'être en avait déduit qu'il était encore trop faible. Sa mue n'était pas achevée. Il avait essayé de se « rendormir », mais l'agitation de Mathy l'en empêcha. Alors un sentiment d'irritation, puis de colère, envahit son entendement. Il se vengea comme il put, c'est-à-dire en imprimant dans la cervelle du René des ondes de souffrance. Au moins, de cette façon, ils étaient deux à se sentir mal!

— T'es encore bourré, l'René! cria Paul Terrier. Fais attention, nom de Dieu! T'as manqué faire verser la remorque!

René Mathy se retourna et regarda derrière lui en clignant ses petits yeux. Le soleil l'éblouissait et ça lui faisait encore plus mal à la tête. Un mal à hurler! A se cogner le crâne contre les murs!

Il avait mal négocié le virage en dévers qui débouchait sur la départementale. En fait, il ne l'avait même pas vu! Il souffrait trop pour voir quoi que ce soit. Une roue de la remorque chargée de piquets de clôture avait plongé dans le fossé. Pour un peu, effectivement, tout le fourbi aurait pu verser.

Paul Terrier arrivait en courant et il était rouge de colère.

— Si t'es plus capable de conduire un tracteur, tu vas te retrouver au chômage! brailla-t-il. Tu pourras cuver ton pinard!

— J'ai pas bu! répliqua Mathy, aussi furieux que son patron. Juste un litre! J'ai un foutu mal de tête depuis des jours et des jours et j'en deviens dingue, bordel de Dieu de putain de merde!

C'était si rare que Mathy se rebiffe ainsi et surtout qu'il se plaigne, que Paul Terrier en resta coi, dévisageant son employé avec stupeur. Maugréant, René Mathy descendit du tracteur, s'approcha du fossé. Il pourrait peut-être en sortir en faisant marche arrière, très doucement. Il se frotta les tempes.

— T'as trop pris de soleil? demanda Terrier, plus aimable.

René Mathy haussa les épaules sans répondre. Il

remonta sur le tracteur, mit les gaz. S'appliquant, guidé par son patron, il réussit à dégager sa remorque. Il allait s'engager sur la route quand une véritable vrille s'enfonça derrière ses yeux. Il hurla et s'effondra sur le volant. Le tracteur cala.

— Bordel! s'écria Paul Terrier.

René Mathy eut à peine conscience que son patron l'aidait à dégringoler de son siège et le faisait asseoir dans l'herbe. Il haletait de souffrance. Ça dura de longues secondes. Enfin, l'étau se desserra. René cligna des paupières, regarda Paul Terrier.

— Ça va mieux, balbutia-t-il, la voix blanche.

Les yeux de Terrier brillaient d'étonnement et d'inquiétude.

— Bon sang, l'René, si t'as mal comme ça, pourquoi que tu vas pas au docteur?

Mathy ne répondit pas. Voir un docteur, ça faisait des jours qu'il y pensait. Mais ça l'emmerdait! Sûr que le toubib lui dirait de boire moins de canons!

— Écoute, insista Terrier, demain, prends ta matinée et vas au docteur. J'ai pas envie que tu tombes malade juste avant les labours!

— C'est rien, grogna Mathy. C'est...

A ce moment, le bruit d'un moteur de mobylette retentit pour monter dans les aigus. Mathy grimaça et se massa le front. Levant les yeux, il reconnut Nicole sur sa petite bécane et son cœur fit un bond dans sa poitrine. Il n'avait pas oublié la vision de cette pute en train de se faire sauter dans la clairière.

— Qu'est-ce qu'il a? demanda la jeune fille à son père, arrêtant son engin. Il est encore bourré?

— Toi, tu t'occupes de tes fesses! lui répliqua rudement Terrier. Rentre à la maison!

Nicole Terrier haussa les épaules et redémarra sans rien dire. René Mathy la suivit des yeux, tentant désespérément d'avaler sa pomme d'Adam qui montait et descendait le long de son cou maigre...

A nouveau, l'être perçut le trouble de son complémen-

taire et tenta de l'analyser. Il comprenait beaucoup de choses qui se rapportaient aux humains. Les humains pratiquaient une activité sexuelle et en retiraient un grand plaisir. Après avoir vu les deux proies s'accoupler, l'René s'était livré seul à cette pratique et les ondes de son plaisir avaient rejailli sur l'être. En cet instant, l'René éprouvait du désir, et le désir était prélude au plaisir. Confusément, l'être songeait que le désir et le plaisir étaient essences de vie, et qu'ils pouvaient donc lui être bénéfiques. Toute son évolution était basée sur la captation, l'absorption des influx vitaux des êtres vivants.

L'image de cette jeune créature que désirait si fort René Mathy pénétra profondément la perception de l'être.

*
**

Nicole Terrier était amoureuse. Ou plus exactement, elle avait envie de Jean-Jacques, mais c'était là une subtilité qui lui échappait. Aucun garçon ne lui avait jamais fait un tel effet. Dans ses bras en train de faire l'amour, ou sur sa moto quand il faisait une pointe de vitesse, Nicole devenait une autre fille. Elle oubliait tout, prenait un pied terrible, et il n'y avait plus que ça qui comptait.

Nicole se lécha les lèvres, émue. Elle leva le nez et regarda son père qui se tenait avachi dans son fauteuil, le nez braqué sur la télé. Sa mère roupillait déjà. C'était le moment de tenter le coup et de le réussir. Elle se leva.

— Papa, dit-elle, tu sais que cette nuit, je dors chez Maryse.

Paul Terrier grogna et regarda sa fille.

— Qu'est-ce que c'est que cette histoire ?

— Maman est au courant. Demain, on va en ville toutes les deux, son père nous emmène. Je rentre demain soir !

Paul Terrier pinça les lèvres et le cœur de Nicole s'arrêta. Pourvu que ce con ne refuse pas ! Elle avait beau savoir mentir avec un aplomb phénoménal, il suffirait que son père téléphone à Maryse. Sa copine était dans le coup et mentirait aussi. Mais elle mentait tellement moins bien qu'elle !

Mais Nicole, fine mouche, savait que son père avait d'autres préoccupations que ses sorties dominicales. Il pensait à l'ouverture, prévue pour le lendemain. Ces chasseurs, tout de même...

— C'est bon, maugréa Paul Terrier.

Il n'en dit pas plus. Souriant sous cape, Nicole monta dans sa chambre. Elle avait envie de chanter de joie. Toute une nuit et toute une journée avec Jean-Jacques ! Elle allait s'éclater comme une folle !

Nicole se déshabilla entièrement, admirant, très narcissique, son corps dans la glace de son armoire. Elle savourait à l'avance ce que Jean-Jacques en ferait, de ce corps ! Elle enfila son jean et un sweat-shirt, sans mettre de sous-vêtements. Jean-Jacques lui avait dit que ça l'excitait, de la savoir à poil sous son pantalon. C'était parole d'évangile.

Elle se peigna et se maquilla, puis sortit de chez elle, s'adressant un clin d'œil salace dans le miroir. Elle descendit l'escalier, dit au revoir à son père et sortit dans la cour de la ferme. Elle se jucha sur sa mobylette et s'éloigna dans la nuit claire.

Elle suivit la route qui menait jusqu'à l'embranchement du chemin de l'étang des Brêmes, derrière la bicoque du René Mathy. Sans hésiter, elle s'engagea entre les ornières. Elle avait rendez-vous avec Jean-Jacques à l'orée de la forêt. Là, personne ne risquerait de les surprendre. Et puis c'était si romantique !

René Mathy avait entendu le bruit du moteur d'une grosse moto et, à travers les carreaux de sa fenêtre, il avait vu la lueur d'un phare qui illuminait brièvement la pâture devant le bois. Bien que son mal de tête l'empêchât de raisonner très clairement, il s'était étonné qu'un motard vienne faire du cross à neuf heures et demie du soir dans la forêt du Beau-Cry. Et voilà que dix minutes plus tard, c'était le bruit d'une mobylette qui venait l'emmerder ! Le bruit d'une mobylette qu'il connaissait, nom de Dieu !

René Mathy bondit à nouveau à sa fenêtre. Il eut le temps d'entrevoir une silhouette familière. Il sacra entre ses dents. Ça, c'était la Nicole Terrier, pas de doute ! Et le motard, c'était son jules ! Ces petits salauds allaient s'envoyer en l'air sous les étoiles !

René Mathy jura, envahi par une brusque suée. Il hésita une seconde, mais pas deux. Il ouvrit sa porte et, sans la refermer, se mit à courir en claudiquant sur le chemin. S'agissait pas qu'il manque la partouze !

Un flot intense déborda dans l'entendement de l'être, si violent que pendant un instant ce dernier ne parvint pas à l'analyser. Mais il comprit très vite que ces pulsions, ces émotions, lui venaient de son complémentaire et il les fit siennes. C'était la créature que l'René désirait. Celle qu'il désirait lui-même, à travers l'René.

Nicole avait un tout petit peu la trouille. C'était bien joli, d'aller comme ça à un rendez-vous galant, mais tout de même... La forêt du Beau-Cry, la nuit, prenait des allures sinistres. Les chênes projetaient sur le chemin une ombre épaisse que son phare avait de la peine à percer et elle devait rouler au pas, les pieds traînant sur le sol, pour ne pas se casser la figure. Les fourrés semblaient emplis de présences mystérieuses et *hostiles*...

Le cœur battant, Nicole freina pour sortir sa roue avant d'une ornière remplie d'eau. Un peu de boue lui éclaboussa la cheville.

— Et merde ! jura-t-elle, persuadée, mais un peu tard, que Jean-Jacques aurait très bien pu lui donner rendez-vous quelque part sur la route, à un carrefour ou sous un lampadaire...

Et si Jean-Jacques était en retard... Et s'il n'avait pas pu venir... Nicole serra les dents. Elle attendrait un quart d'heure, pas plus. Et puis elle rentrerait et elle raconterait à son père que Maryse était malade et que leur promenade en ville était ajournée.

Elle redémarra, pédalant en danseuse. Le moteur

hoquetait. Une mob, c'était pas l'idéal pour faire de l'enduro !

Elle arriva enfin au croisement du chemin de l'étang et de l'allée numéro 6. Son cœur cogna dans sa poitrine. Dans la lueur de son phare, elle pouvait voir la silhouette bardée de cuir de Jean-Jacques qui lui faisait signe !

Elle arrêta sa mobylette à côté de la Yamaha et ôta son casque, soudain oublieuse de ses angoisses. Elle s'approcha du jeune homme, les jambes un peu molles.

Jean-Jacques la prit dans ses bras, la serrant contre lui, lui meurtrissant les seins sur les clous de son blouson à travers le tissu du sweat. Nicole répondit avec ardeur à son baiser. Quand ils se séparèrent, elle haletait. Jean-Jacques lui tapota le derrière.

— Tu sais quoi, souffla-t-il, on va laisser ta mob ici et je t'emmène chez moi jusqu'à demain soir !

Nicole ouvrit des yeux émerveillés. Chez Jean-Jacques ! Toute la nuit et tout le dimanche à se prélasser au pieu et à baiser !

— Ça me botte ! répondit-elle d'une voix mouillée. Mais faudra bien planquer ma bécane. Demain c'est l'ouverture et il va y avoir des chasseurs dans tout le bois.

Les deux jeunes gens se regardèrent un instant dans la lumière de la lune. Des branches craquèrent dans les fourrés. Ils n'y firent pas attention. Un chevreuil, sans doute.

— Bon, souffla Nicole. On y va ?

Jean Jacques pesa plus fort de ses mains sur ses fesses.

— T'es si pressée ? Moi j'aime bien la nature.

Nicole gloussa.

— Quoi ? Tu veux...

— Ben ouais... Allez... Enlève ton futal !

Nicole eut une hésitation. Jusqu'à présent, ils n'avaient fait ça qu'à la va-vite et, malgré ses allures d'affranchie, elle demeurait une novice en amour. Cette fantaisie de Jean-Jacques l'effrayait un peu. Mais après tout, ça la séduisait aussi. Il fallait bien qu'elle commence un jour.

Rougissante — mais ça ne se voyait pas dans le noir — elle enleva ses chaussures et baissa son pantalon. Il gloussa en voyant qu'elle n'avait pas de culotte. Elle frissonna. Il ne faisait tout de même pas chaud.

— Et... et maintenant?

Avec un rire de gorge, il la poussa vers la moto qui reposait sur sa béquille. Elle ne comprit pas.

— Monte dessus, lui ordonna-t-il.

Elle devina enfin la façon dont il voulait s'y prendre pour lui faire l'amour, en eut les sangs fouettés. Elle s'installa, se calant sur les repose-pieds, se penchant en avant sur le réservoir. Un souffle de vent caressa son cul nu. La moto oscilla lorsque Jean-Jacques s'installa derrière elle. Il lui releva son sweat, le fit passer par-dessus sa tête et elle eut le temps de penser qu'elle était complètement à poil.

Elle l'entendit qui fourrageait dans son cuir et, brusquement, il se colla à elle. Elle ferma les yeux...

La tête de René Mathy explosait. Toute pensée avait quitté son cerveau, balayée par la souffrance brute et le désir de viol, de sang, de torture, de possession, de meurtre, de mutilation. Mathy oscillait, au pied d'un arbre, ses poumons charriaient un air torride. Il tendit les mains en avant et fit un pas, ivre. Il ouvrit une large bouche, retroussant ses lèvres sur ses dents pareilles à des crocs.

Il écarta les fourrés et déboucha sur l'allée, derrière les deux amoureux bien occupés sur leur moto. De la salive coulait de chaque côté de sa bouche. Son cerveau pulsait, aussi désordonné que son cœur.

Il s'avança, boitant, mais sans faire le moindre bruit...

Nicole était au paradis. Jamais encore Jean-Jacques ne lui avait fait connaître ça! Écrasée par le poids de l'homme, ses seins meurtris par le réservoir de la Yam, elle avait l'impression que c'était la bielle de la moto qui la possédait. Elle en voulait encore. Et encore... Et toujours!

Soudain, une forme se matérialisa à côté d'elle. Soûle de plaisir, Nicole tourna la tête. Elle mit une longue seconde à se demander si elle devenait folle ou si elle avait des hallucinations. Le René Mathy... Le René Mathy, à quelques mètres, qui levait les mains. Des mains pareilles à des serres d'oiseau de proie, des mains crochues, des griffes...

Pendant un moment qui aurait pu sembler d'éternité, Nicole Terrier, Jean-Jacques, René Mathy – et l'être – demeurèrent immobiles. Le temps n'existait plus. L'espace. Le raisonnement... Puis, d'un violent coup de reins, Nicole chassa le sexe de Jean-Jacques hors d'elle. Elle hurla, folle de rage et de honte :

– Pète-lui la gueule, à ce fumier!

Jean-Jacques sauta de la moto, proférant une injure. La Yamaha versa brutalement sur le côté, déséquilibrée, sa béquille s'enfonçant dans la terre meuble de l'allée. Nicole essaya de se dégager. Mais déjà l'engin se couchait, la faisant tomber et lui écrasant la jambe. Nicole hurla. Le bloc-moteur de la moto l'avait atrocement brûlée à l'intérieur de la cuisse. Elle tenta désespérément de repousser la lourde masse de métal. En vain. Elle était loin de posséder la force nécessaire.

Épouvantée, souffrant le martyre, Nicole se tordit sur elle-même. Elle pleurait de rage.

– Pète-lui la gueule! répéta-t-elle.

Haletante, incapable de se relever, elle vit Jean-Jacques s'approcher de René Mathy, les poings levés. Malgré la douleur qui remontait jusque dans son aine, Nicole savoura cet instant. Son petit ami allait flanquer la dégelée de sa vie à ce sale ivrogne, ce voyeur, ce satyre!

Il se passa alors quelque chose que la raison de Nicole ne put simplement pas admettre. Quelque chose qui glaça les sangs de la jeune fille, qui lui fit oublier sa souffrance, qui effaça toute pensée cohérente de son cerveau.

L'horreur. A l'état brut.

Jean-Jacques écrasa son poing sur le visage de René Mathy qui n'accusa même pas le coup. Le jeune homme poussa un cri de stupeur. Un cri aussitôt étouffé... René Mathy lui sauta à la gorge et planta SES DENTS à la base de son cou. Nicole vit distinctement gicler un jet de sang. Elle entendit le hurlement de son amant, hurlement qui se mua en un horrible gargouillis. Le jeune homme battit l'air de ses bras, frappa le monstre accroché à son cou. Il recula, trébuchant.

— Non ! cria Nicole. Non ! Non !

Les ongles de Mathy s'enfonçaient dans la nuque de Jean-Jacques, arrachaient les cheveux par touffes. Nicole entendait des bruits de succion, de DÉGLUTITION... Elle se cria qu'elle était folle, qu'elle faisait un cauchemar, que rien n'était réel...

Jean-Jacques tomba sur les genoux. Son blouson était inondé de sang. René Mathy lui labourait le visage, sans cesser de le mordre au cou. Hallucinée, Nicole le vit arracher les yeux de son ami. De toutes ses forces, elle souhaita s'évanouir.

Pendant de longues minutes, jusqu'à ce que ses derniers soubresauts se soient apaisés, René Mathy ne relâcha pas sa prise sur le corps du garçon. Il réalisa enfin que le jeune homme était mort. Alors il releva la tête, léchant ses lèvres hideusement rouges. Son cerveau était un creuset infernal dans lequel s'amalgamaient un anéantissement de douleur et un total bien-être. L'infini l'habitait. *Le Maître était heureux*. Il le lui disait, le lui chantait. Le Maître était heureux et il désirait maintenant sa seconde proie.

Liquéfiée d'épouvante jusque dans ses plus intimes fibres, Nicole vit René Mathy se relever lentement de dessus le corps ensanglanté de Jean-Jacques et faire un pas dans sa direction. Toute son énergie lui revint, décuplée par la terreur.

— Non ! hurla la jeune fille d'une voix suraiguë. Je ne veux pas ! Au secours.

Elle s'arc-bouta sur la moto.

— Non... Oh, non! sanglota-t-elle. Papa... Papa...

René Mathy s'arrêta à deux pas d'elle. Il fouilla dans son pantalon. Un espoir fou flamba dans le cœur de Nicole.

— Oui, gémit-elle, faites-moi l'amour... Faites-moi ce que vous voulez... mais ne me tuez pas!

René Mathy ne semblait pas entendre. Il demeurait immobile, la bouche grande ouverte, son sexe pointé.

— Je vous en prie, répéta Nicole. Monsieur Mathy...

Elle ne l'avait jamais appelé « monsieur ». Elle ne l'avait jamais vouvoyé... René Mathy se pencha brusquement et elle couina. Il écarta la Yam comme si l'engin ne pesait pas plus qu'une plume. Nicole n'eut pas le temps de s'en étonner. Brutalement, Mathy la saisit à la gorge, la plaquant au sol. La jeune fille se débattit, à demi étouffée dans cette poigne de fer. René Mathy n'en fut même pas ébranlé. Le visage figé, un mélange de sang et de salive dégouttant de ses lèvres, il pesa sur elle, l'écartelant. Son sexe la pénétra tel un épieu et elle cria. Elle essaya de le griffer au visage, mais elle souffrait trop. Elle renonça à lutter, s'amollit, des larmes coulant sur son visage. Qu'il la viole et que tout soit terminé...

Nicole sentit Mathy éjaculer en elle. Elle détourna la tête, comme si elle voulait offrir le creux de son cou.

Mathy y planta ses crocs sans même se retirer du corps pantelant...

CHAPITRE VIII

Jennifer ne tenait pas en place. Durant tout le temps où les sociétaires avaient tiré au sort la place qu'ils occuperaient au cours des diverses battues de la journée, elle avait trépigné, jetant des regards suppliants à son grand-père, comme si Robert Matthieu, de par la seule force de sa volonté, pouvait forcer le hasard à lui octroyer la place de choix qui lui ferait massacrer tous les lièvres de la forêt.

Et maintenant que ce hasard avait parlé, offrant le numéro six à Matthieu, et que ce dernier s'approchait de la grande carte de la chasse punaisée au mur, la fillette bondissait littéralement.

Une main se posa sur son épaule. Elle leva la tête. Marie la regardait en souriant. Un élan porta la petite vers cette si belle femme brune. Depuis qu'elles s'étaient rencontrées, Jennifer ne parvenait pas à l'effacer de ses pensées. C'était très mystérieux, mais elle la voyait un peu comme la sœur aînée qu'elle n'avait jamais eue ou même… mais oui, comme sa maman. En tout cas, elle était très heureuse que Philippe l'ait emmenée à la chasse avec eux tous.

Marie se pencha.

— Il faut que je te révèle un secret, dit-elle à l'oreille de l'enfant.

— Oui ? Quoi ?

— Il ne faut pas le dire, mais je suis une fée ! J'ai jeté un charme sur les numéros. Philippe va tirer le sept.

Jennifer regarda les yeux sombres de Marie, se demandant si elle devait éclater de rire. A ce moment, Luc Gérard, le secrétaire, annonça :

— Philippe Lacour, le numéro sept !

Jennifer en demeura saisie, pendant que Marie lui clignait de l'œil, avant de se détourner et de se diriger vers le médecin.

— Ben, ça alors…, murmura la fillette.

A ce moment, Robert revint auprès d'elle.

— Où on va chasser, papy ? demanda Jennifer.

— Le long de la voie ferrée, ma biche. On va battre toute la forêt jusqu'à la route.

— On verra des lièvres ?

— Je l'espère bien.

— Et des faisans ?

— Qui sait.

— Et des cochons ?

Jennifer ne disait plus « sangliers », mais « cochons », comme un véritable vieux chasseur. Chacun, dans le pavillon, éclata de rire.

— Ça m'étonnerait, ma jolie, dit Philippe Lacour. Notre ami Paul Terrier n'a pas relevé de pieds frais depuis plusieurs jours.

— C'est quoi, des pieds frais ?

— Des empreintes, expliqua Robert. Les sangliers laissent des traces dans la boue et c'est comme ça qu'on sait s'il y en a ou pas dans une forêt. Dans la nôtre, en ce moment, il n'y en a pas.

Jennifer parut déçue. Mais son grand-père la rassura en ajoutant :

— Par contre, il est plus que probable que les chiens nous lèveront un chevreuil. Le bois en est plein.

— On va le tuer ? demanda la sanguinaire petite fille.

— Ah non ! La chasse au chevreuil n'est pas encore ouverte.

« On le regardera passer. Tu verras, c'est un des plus beaux spectacles de la forêt… »

Et, accessoirement, l'une des raisons pour lesquelles Robert Matthieu n'aimait pas la chasse au chevreuil. Mais cela, il le gardait pour lui.

Le président Marcadet s'avança.

— Mes amis, dit-il, je crois que nous pouvons nous mettre en place. A huit heures pile, on démarre. A dix heures et demie, nous nous retrouvons ici pour un premier tableau et pour échanger les zones de chasse. N'oubliez pas que chacun est responsable de son coup de fusil et ne laissez pas les chiens s'égarer dans les prés à vaches. Attention aux limites et aux promeneurs éventuels...

Il fixa plus particulièrement Marie et Jennifer, qui se tenaient côte à côte.

— Et pour nos deux charmantes accompagnatrices, qu'elles restent soigneusement en arrière de la ligne des chasseurs, qu'elles ne s'aventurent pas à couvert sans signaler leur présence, et qu'elles ne se prennent pas pour des chiens. Ce n'est pas leur rôle d'aller chercher le gibier blessé !

Marie et la fillette approuvèrent. Robert jeta un regard à l'amie de Philippe. Il ne parvenait pas à comprendre comment elle pouvait se trouver là. Jamais, jusqu'alors, Marcadet n'avait accepté que des suiveurs accompagnent les battues. Il avait accepté avec réticences pour Jennifer... Mais il avait suffi que cette Marie de Roche-Lalheue le regarde et lui sourie pour qu'il accepte chaleureusement, lui faisant force courbettes et ronds de jambe. Sûr que c'était vraiment une jolie femme — il ne devait pas s'emmerder, au lit, ce salopard de Philippe ! — mais tout de même...

— Eh bien en route ! conclut le président.

Robert Matthieu sortit du pavillon, suivi par Jennifer sautillante vêtue de sa veste camouflée, les cheveux débordants sous sa casquette. Philippe et Marie sortirent à leur tour. Marie portait des bottes, un jean, une veste de velours... et ne quittait pas la petite des yeux.

La zone qui était attribuée à leur groupe n'étant pas très éloignée du pavillon, les chasseurs avaient décidé de s'y rendre à pied. Robert alla libérer Ric et Lord, et Philippe, Bastos ; Démosthène, chien courant, était resté à la maison. Il ne sortirait que pour l'ouverture au chevreuil et au sanglier. Les trois chiens se saluèrent, allèrent dire bonjour à leurs collègues chiens de quelques glapissements, d'une patte brièvement levée ou d'un coup de flair poli sous la queue.

— Ils ont l'air plus en forme que pour l'ouverture aux canards, observa Luc Gérard, qui se trouvait à côté de Matthieu.

Il y avait de la tristesse dans sa voix. Il n'oubliait pas Miquette. Les autres chasseurs non plus...

A pas lents, le groupe gagna son emplacement de départ de battue, non loin de la ligne de chemin de fer qui marquait la limite de la chasse et obliquait en direction de l'orée de la forêt du Beau-Cry. Robert jeta un regard à sa montre.

— Dans trois minutes, annonça-t-il. Écartons-nous!

Les cinq chasseurs qui formaient son groupe s'éloignèrent d'une vingtaine de mètres les uns des autres, tenant fermement leurs chiens auprès d'eux. Robert se posta au débouché d'une haie derrière laquelle s'ouvrait une longue friche semée de buissons. Le terrain idéal — en principe — pour le lièvre et le faisan. Son plus proche voisin, Philippe, suivi de sa Marie, alla contourner un petit maïs. Puis tous attendirent que s'écoulent les dernières secondes. Enfin, le coup de trompe retentit.

— Allez! ordonna Robert à Ric et Lord.

Jennifer respirait très fort d'excitation. Mais elle resta sagement derrière son grand-père. Robert s'engagea dans la friche, marchant lentement, tout en surveillant Ric et Lord. Les deux chiens se complétaient parfaitement. Lord, le setter anglais, chien de grande quête, battait le terrain une bonne cinquantaine de mètres en avant de Ric, épagneul breton qui, lui, ne s'éloignait jamais à plus de vingt pas de son maître. Mais les deux avaient le même arrêt et Robert savait que s'ils flairaient quelque gibier, ils ne le feraient pas lever avant que lui, ne soit à portée de tir. Il avait passé assez de temps à les dresser!

Tout en avançant, il surveillait du coin de l'œil Philippe. Bastos donnait de la voix dans le champ de maïs.

Ce fut d'ailleurs de ce champ que s'éleva le premier gibier, un beau coq faisan. Robert entendit son gloussement caractéristique, le claquement des ailes. Instinctivement, il leva son fusil. Mais la voix de Philippe retentit :

— C'est un sauvage ! Ne tirez pas !

Robert approuva d'un hochement de tête. Il avait un bon coup d'œil, le toubib. Et peut-être que lui, Robert, avait besoin de changer ses lunettes.

Les chasseurs avancèrent sans se presser pendant une bonne dizaine de minutes. Quelques coups de feu avaient retenti, au loin. Les autres groupes étaient plus chanceux que le leur. Mais soudain, alors que Robert se trouvait presque au bout de la friche, Jennifer dit :

— Papy, regarde Lord !

Le setter s'agitait, le nez au sol, battant de son fouet.

— Ah !... Ça sent bon, grommela Robert en hâtant le pas.

Il fit un signe à Philippe qui accéléra pareillement l'allure, Marie le suivant pas à pas. Ric avait rejoint son alter ego. Les deux chiens piquèrent vers la haie qui bordait la friche à son extrémité.

— Doucement ! leur cria Robert.

Il se mit presque à courir, suivi par Jennifer qui ne pouvait retenir des petits gémissements d'impatience.

— Attendez ! cria Robert lorsque le setter et l'épagneul eurent atteint la haie. *Stay !*

Entendant l'ordre de leur maître, les deux chiens restèrent sur place, tremblants d'excitation. Robert et Jennifer les rejoignirent. Robert longea prudemment la haie, prêt à épauler.

— Allez, les petits !

Ric et Lord bourrèrent dans la haie, tandis que Robert se postait et que Philippe en faisait autant, trente mètres plus loin.

Des aboiements retentirent et une fusée rousse jaillit en plein champ. Tranquillement, Robert épaula, suivant le lièvre dans sa course. Sans même calculer, tant l'habitude du coup de fusil était ancrée dans son instinct de chasseur, il dépassa légèrement son gibier et appuya sur la détente. Le lièvre boula et resta immobile. Ric et Lord se jetèrent sur lui.

— Tu l'as eu, papy! cria Jennifer. Tu l'as eu!

Robert souriait. Et comment qu'il l'avait eu! Encore une histoire que Jennifer pourrait raconter, demain, à ses petites amies de sa nouvelle école.

***

Jamais encore l'être ne s'était senti dans un pareil état d'euphorie. Pour un peu, mêlant sa propre nature à celle de son complémentaire, il se serait laissé aller à certaines manifestations de joie « humaines ». Mais ce n'était pas à lui de se laisser influencer par l'essence de son complémentaire. C'était le contraire... Jusqu'à ce qu'il n'ait plus besoin du support physique dudit complémentaire, qu'il puisse achever sa mue, l'anéantir et essaimer en une multitude de ses pareils qui trouveraient à leur tour leurs complémentaires, et ainsi de suite... Cette vaste perspective emplissait l'être d'excitation.

Mais pour l'instant, la mue n'étant pas achevée, l'être avait besoin de force, d'énergie. Et la force et l'énergie, il existait deux façons de se les procurer. En tuant — puisque « tuer » était le terme qu'employaient les humains — ou en absorbant les fluides de créatures déjà mortes. L'être préférait de loin la première solution, mais il hésitait à envoyer l'René commettre un nouveau « meurtre ». Depuis qu'il en était arrivé à cette phase avancée de sa mue, l'être avait développé des facultés plus précises, dont celle d'appréhender le risque. L'être comprenait d'instinct que, ce jour, l'René risquait de ne pas pouvoir tuer impunément. Il y avait trop de gens dangereux dans la forêt... Et si l'René venait lui-même à être tué, alors tout serait perdu. Sa mue inachevée, l'être régresserait jusqu'à l'état de néant d'où il était à peine sorti, sans avoir pu accomplir sa tâche.

Il devait donc se contenter de la seconde solution. Fort heureusement, les corps des deux proies exécutées la nuit précédente recélaient encore beaucoup de fluide ! La corruption de leur enveloppe charnelle n'était pas avancée. Et, comme si l'être avait pu pressentir qu'il aurait encore besoin d'elles, il avait commandé au René, la veille, de dissimuler ces enveloppes dans un taillis épais.

Plein d'ardeur, l'être ordonna à son complémentaire de prendre le chemin de la forêt. L'René obéit sans même se rendre compte de ce qu'il faisait, martelant de ses poings fermés ses tempes où irradiait la souffrance.

*
**

Robert Matthieu était un peu déçu. Le début de la battue s'était fait en fanfare, puisqu'il avait tué ce beau lièvre qui pesait lourd dans son carnier, mais, depuis, c'était le calme plat. A se demander où étaient passés les faisans de tir. Quant aux lapins et aux perdreaux, il n'en avait pas vu la queue d'un ! Peut-être ce petit monde à plume et à poil avait-il émigré de l'autre côté de la chasse, là où se trouvaient les deux autres groupes d'actionnaires. On entendait en effet, à intervalles assez réguliers, des coups de feu sporadiques, étouffés par la distance. Ce ne serait quand même pas une trop mauvaise ouverture, allez...

Robert Matthieu et Jennifer se trouvaient à quelque distance des autres chasseurs de leur groupe, séparés d'eux par le long champ de maïs qui bordait la forêt du Beau-Cry. Soudain, Ric et Lord s'agitèrent.

– Enfin ! grommela Robert.

Il fit un signe à Jennifer.

– Je vais faire la lisière à l'intérieur du bois. Toi, reste à découvert. Je...

Il n'avait pas fini de parler qu'une compagnie de perdreaux s'envola, dans un grand battement d'ailes, dix mètres en avant des chiens. Complètement surpris, Robert n'eut que le temps d'épauler. Il tira. Un perdreau tomba comme une pierre. Robert redoubla, à la limite de portée de son fusil. A son grand étonnement, une seconde perdrix plongea vers le sol. Mais il put la voir piéter, une aile traînante, en direction du bois où elle s'engouffra.

— Papy, t'es un champion ! cria Jennifer. J'ai vu où elle est allée ! On va la chercher ?

— Attends ! Chaque chose en son temps !

Il rejoignit Ric et Lord qui avaient couru là où était tombé le premier perdreau. Le setter anglais prit délicatement l'oiseau dans la gueule, levant haut le nez pour que l'épagneul ne lui vole pas sa proie.

— Tu es beau ! cria Robert. Apporte ! Apporte !

Fier comme seul peut l'être un chien de chasse, Lord trotta vers son maître, suivi par Ric qui aboyait en gambadant. Robert flatta longuement son chien avant de lui prendre son gibier.

— Une jolie perdrix grise, dit-il en lissant les plumes souillées de bave et de sang.

— Et l'autre ? demanda Jennifer.

— On va mettre Ric et Lord sur sa piste. Ils vont bien la retrouver !

De fait, les deux chiens sentirent immédiatement le pied du perdreau et s'engouffrèrent dans le bois. Robert et Jennifer en firent autant. Devant eux, des aboiements résonnèrent sous le couvert. Le taillis était très dense, semé de ronciers et d'épais massifs de fougères. Il faisait sombre.

— Si le perdreau s'est tapé là-dedans, maugréa Robert, il ne va pas être facile à lever. Suis-moi…

Il s'enfonça sous bois, guidé par les aboiements des chiens, écartant difficilement les branches griffues qui s'accrochaient à sa veste et à son pantalon.

— Il est loin, papy, le perdreau ? demanda Jennifer derrière lui.

— Oui… S'il n'est pas trop gravement blessé, il a pu aller loin. Il pourrait même nous échapper.

— Oh, non !

Robert sourit et, tout en marchant, cassa son fusil. Les normes de sécurité les plus élémentaires voulaient qu'il eût son arme déchargée dans ce bois touffu.

Robert Matthieu et sa petite-fille cheminèrent ainsi

cinq bonnes minutes et, silencieusement, le chasseur se mit à maudire ce foutu perdreau qui s'en était allé crever dans la partie la plus touffue de la forêt du Beau-Cry. Mais sapristi, il le retrouverait ! Il n'avait jamais accepté de bonne grâce de perdre un gibier blessé !

Tout à coup, Jennifer poussa *un cri* et s'accrocha à sa cartouchière. Robert sursauta et, comme malgré lui, leva son fusil vide.

— Papy, j'ai vu quelqu'un ! glapit la fillette.

Robert ouvrit de grands yeux.

— Tu as vu quelqu'un ?

Jennifer tendit la main en direction d'un chêne noueux qui émergeait d'un abatti envahi de ronces.

— Oui ! Un homme... Là !

— Un homme ? Un autre chasseur ?

— Non... Un homme !

Stupéfait, Robert se rendit compte que Jennifer tremblait. Elle était toute pâle. Il la prit par l'épaule, la serra contre lui... De toutes ses forces, il voulut que ce soit un promeneur, un cueilleur de champignons. Allons donc... Pas un jour d'ouverture...

— Reste près de moi, dit-il, la voix sèche, songeant à l'ouverture aux canards.

Lentement, Robert rechargea avec ce qu'il avait de plus gros comme plomb : du quatre. Il était tenté de rebrousser chemin, de retrouver la sécurité et la clarté de la plaine. Mais il était flic. Il le resterait jusqu'à sa mort.

Jennifer collée à lui, Robert Matthieu marcha jusqu'au chêne. Il en inspecta soigneusement les alentours. Il ne releva aucune empreinte, pas même une branche cassée.

— Mmmm..., grogna-t-il, à la fois soulagé et déçu.

— Je te jure ! J'ai vu quelqu'un ! insista Jennifer.

Robert tourna lentement sur lui-même, hochant la tête, perplexe... et un éclat de soleil, traversant les branchages de la forêt, accrocha son œil. Un éclat reflété...

— Tiens... Qu'est-ce qu'il y a, ici ?

Sans se préoccuper de Ric et de Lord qui donnaient de

la voix cent mètre plus loin, Robert marcha dans la direction du taillis où scintillait l'éclat de lumière. Il contourna un vieux frêne à demi déraciné et s'immobilisa, stupéfait.

Une mobylette et une grosse moto étaient dissimulées dans les buissons. Il pouvait voir les branches brisées sur leur passage et les empreintes des pneus dans la mousse...

Un moment, Robert Matthieu resta sans bouger, à observer les deux engins. La moto, il la reconnaissait : c'était la Yamaha qu'il avait vue garée devant le café le jour où il avait mis les faisans en volière. Celle du petit ami de Nicole Terrier. La mobylette devait donc appartenir à la fille de Paul. Robert se gratta le menton. D'un seul coup d'œil, il pouvait affirmer que la moto et la mob se trouvaient là depuis un bon moment. Pour se le confirmer, il s'avança et posa sa main sur le bloc cylindres de la Yam. Il était froid. Celui de la mobylette aussi.

— Qu'est-ce que tu fais, papy? demanda Jennifer.

— Chut...

Robert Matthieu n'était plus chasseur, mais policier. Il contourna les deux engins, suivit les traces de roues sur quelques mètres, réfléchissant intensément. Nicole Terrier et son copain s'étaient donnés rendez-vous. Mais ils n'avaient sûrement pas passé la nuit à la belle étoile! Alors, où diable se cachaient-ils?

L'inquiétude de Robert grandissait de seconde en seconde. Il repensait à tout ce qui s'était produit dans ce coin de Bresse, jusque-là si tranquille.

Soudain, un aboiement résonna. Mais un aboiement qui n'était pas celui d'un chien levant ou retrouvant un gibier. Un aboiement sinistre, vibrant de peur, et le cœur de Robert Matthieu fit un bond dans sa poitrine. Il voulut dire à Jennifer de rester auprès de lui. Mais déjà la fillette se précipitait dans la direction d'où venait l'aboiement en criant :

— Le perdreau! Le perdreau!

— Jennifer! hurla Robert. Reste là!

Jennifer n'écoutait pas. Elle était trop excitée par la recherche du volatile blessé. Elle ne connaissait pas assez Ric et Lord pour faire la différence entre leurs cris de chasse et leurs cris de peur. Peut-être aussi qu'elle en avait un peu marre d'obéir toujours sagement à papy...

— Jennifer !

Marmonnant des imprécations entre ses dents, Robert Matthieu se mit à courir derrière sa petite-fille.

— Jennifer ! Reviens, nom de Dieu !

Jennifer courait comme une gazelle. Elle bondit par-dessus une souche, disparut à la vue de Robert... et la seconde suivante, un cri perçant, inhumain, résonna à travers la forêt.

Robert sut avant même de pénétrer dans le taillis que Nicole Terrier et son ami se trouvaient là.

Le cri atteignit Marie et la perça de part en part. Son cœur s'arrêta de battre. Philippe, devant elle, se statufia. Puis il se retourna d'un bloc.

— Je le savais..., balbutia la jeune femme. Je le savais...

Elle se mit à courir en direction de la forêt, à travers le maïs.

— Marie, non ! cria Philippe derrière elle. Attends-moi !

Elle ne ralentit pas. Les mains levées devant elle, piétinant les hautes tiges qui s'écartaient en craquant, Marie se rua vers son ennemi !

L'être ordonna au René de battre en retraite. Il était furieux, frustré du plaisir qu'il s'était à l'avance réjoui de savourer. Mais la notion de prudence, en lui, l'emportait sur celle de convoitise.

Ce qui gênait le plus l'être, c'était que cette jeune proie eût aperçu son complémentaire. L'être commençait à se faire une idée des capacités de raisonnement des humains, de leur organisation sociale, de leur façon de vivre et même de leurs normes de sécurité ! Il savait d'une façon encore rudimentaire, mais suffisamment préoccupante, que si la proie faisait le rapprochement entre les deux cadavres et la présence du René dans la forêt ce matin, son complémentaire – et lui-même par conséquent – courrait un grand danger.

L'être hésita. Il pouvait ordonner au René de se mettre en sécurité jusqu'à ce que sa mue soit achevée, après quoi il se débarrasserait de lui et tout serait réglé. Mais ce serait long. L'être avait goûté avec bonheur à certains traits typiques des humains, dont celui de l'impatience et celui de l'irrationalité. La fantaisie qui sous-tendait le comportement des hommes dans son ensemble lui plaisait assez. L'être n'avait été que froide intelligence instinctive, conçue dans l'unique but d'assurer la pérennité de l'espèce à travers l'espace et le temps. Une rigoureuse et ennuyeuse intelligence. Les humains possédaient une multitude d'intéressantes pulsions, de sentiments conscients et inconscients. A travers l'René, malgré lui, une partie de ces pulsions et de ces sentiments avaient déteint sur l'être…

Non. L'être ne commanderait pas à son complémentaire de se cacher et d'attendre. Il y avait mieux à faire.

Cette jeune et belle proie… Elle éveillait son désir. Un désir semblable à celui qu'avait ressenti l'René à l'instant où il s'accouplait avec l'autre proie, la veille.

Un désir que l'être satisferait avant de se repaître de son fluide vital. Ce fluide qui lui permettrait d'achever sa mue en apothéose…

CHAPITRE IX

Jennifer hurlait, en proie à une crise de nerfs. Elle hurlait et trépignait, secouée de tremblements, accrochée au-devant de la veste de son grand-père. Robert Matthieu avait de la peine à la maîtriser. Il eut peur qu'elle soit en train de devenir folle. Il y aurait eu de quoi ! Jamais, au cours de sa carrière de policier, il n'avait vu de cadavres dans un tel état. Une comparaison atroce lui venait à l'esprit : celle des martyrs chrétiens donnés en pâture aux lions... C'était exactement ça. Nicole Terrier et le garçon avaient été DÉVORÉS !

Un fracas de branches brisées retentit. Robert se retourna, comme piqué par un serpent, braquant son arme. Marie de Roche-Lalheue apparut, alors que son doigt allait presser la détente. Elle ne regarda pas l'arme pointée sur elle, elle ne regarda pas les cadavres, elle ne regarda pas Matthieu. Elle ne regardait que Jennifer. Elle se précipita vers elle et il se passa alors quelque chose qui stupéfia Robert. Elle s'agenouilla derrière elle et lui posa les mains de chaque côté de la tête. Matthieu sentit sa petite-fille se détendre. Elle le lâcha, cessant tout d'un coup de hurler et de frissonner. Elle se retourna... et se jeta dans les bras de Marie... qui la recueillit, alors qu'elle s'effondrait, toute molle.

— Elle dort, dit la jeune femme à Robert abasourdi. Ne craignez rien. Je m'occupe d'elle.

— Mais... mais..., balbutia Matthieu.

Marie leva les yeux vers lui et il fut frappé par ce qu'il put lire dans son regard.

— Ne craignez rien, répéta Marie. Ne craignez rien...

Robert Matthieu se détourna, renonçant à comprendre. Il fit un pas vers les corps. C'était horrible. Le visage de Nicole Terrier, intact, mais blême, faisait une tache livide sur la mousse. Les yeux grands ouverts semblaient regarder le ciel. La bouche était déformée par une grimace de souffrance et d'épouvante.

Un visage intact... Mais au-dessous...

Le cou et la poitrine de la jeune fille avaient été littéralement dépecés, les artères et les veines arrachées. Les côtes saillaient, brisées, à travers un magma de chair où vrombissaient des essaims de mouches. Le cœur ne se trouvait plus dans la cage thoracique, non plus que les poumons, l'estomac et le foie.

Les blessures et les mutilations s'arrêtaient au niveau du nombril. Tout comme son visage, le bas du corps de Nicole Terrier était intact... si l'on pouvait dire. Car les jambes largement ouvertes laissaient voir un sexe ensanglanté. De longues traînées blanches de sperme séché avaient coulé sur l'intérieur des cuisses et, au milieu de son cauchemar, Robert Matthieu pensa que cela pourrait peut-être aider à l'identification du monstre homicide — il n'y avait pas d'autre mot — lors de l'examen du légiste.

Se détournant péniblement de Nicole, Robert s'approcha du corps du garçon, qui gisait à quelques mètres. Au contraire de la jeune fille, il n'était pas nu. Mais le blouson de cuir laissait voir la poitrine ouverte tout le long du sternum. La gorge avait été également ouverte, les yeux avaient été arrachés des orbites. De même la langue manquait dans la bouche béante. On s'était acharné sur le bas-ventre...

L'horreur à l'état brut...

Robert se retourna, respirant profondément pour ne pas vomir. Marie tenait toujours Jennifer contre elle.

— Monsieur Matthieu, dit la jeune femme, il ne faut pas rester là.

Philippe Lacour apparut à ce moment, hors de souffle. Lui aussi vit les cadavres et il ne put retenir un cri. Marie se releva, tenant Jennifer dans ses bras. La petite était inconsciente. Sa tête reposait contre l'épaule de la jeune femme, qui l'embrassa doucement. Ce baiser noua de façon incompréhensible la gorge de Robert Matthieu.

— Jennifer ne peut pas rester un instant de plus dans cette forêt, dit Marie d'une voix dont le calme surprit les deux hommes.

— Elle... elle a raison, dit Philippe. Venez, Robert.

Matthieu acquiesça. Son instinct de flic le poussait à s'approcher des corps et à les examiner. Mais il n'était plus flic. Et il sourdait de ce taillis une *impression maléfique* qui lui donnait la chair de poule. Ma parole, il avait peur... Effroyablement peur.

Sifflant Ric et Lord, il suivit ses compagnons en direction de l'orée de la forêt. Il serrait fort le fût de son arme, regrettant de n'avoir sur lui que du petit plomb.

Le setter et l'épagneul les attendaient dans la plaine, à l'orée du maïs. Lord tenait la perdrix désailée dans sa gueule et remuait de la queue.

Robert pensait à cette personne que Jennifer prétendait avoir vue. Il ne songea pas à féliciter son chien...

L'René avait suivi à pas de loup le père Matthieu et la petite. Il se déplaçait avec tant de précautions que rien n'avait trahi son passage dans les taillis et les ronciers. Aucune branche brisée ou remuée... René Mathy n'était plus un humain. Mais René Mathy n'en avait pas conscience. Il ne pouvait plus...

René Mathy vit Robert Matthieu, Lacour et la femme brune, serrant la petite fille sur sa poitrine, sortir du bois et appeler les autres chasseurs à grands cris. Il se tapit derrière un épais buisson de genêts et attendit, respirant à peine. Il savait que les chasseurs allaient battre la forêt, que les gendarmes allaient venir. Il savait que ses proies de la nuit précédente lui échappaient. Mais tout ça était secondaire, sans réelle importance.

René Mathy regardait fixement la femme brune et la

fillette blonde. Il se délectait à l'avance de la saveur du sang et de la chair de l'enfant. De l'exquise douceur de son petit sexe lorsqu'il la pénétrerait...

Mais il avait peur. Quelque chose de formidable s'était dressé contre lui... Contre *le Maître*. Quelque chose qui s'incarnait dans cette femme brune.

D'abord, les chasseurs avaient été incrédules. Réaction classique. « Ça » ne peut arriver qu'aux autres. « C'est trop fou, trop inconcevable ! »

Et puis ç'avait été l'horreur, la consternation. Ils étaient allés voir. Pas tous, seulement ceux qui croyaient avoir le cœur le mieux accroché. Ils étaient revenus effondrés, assommés.

A présent c'était la haine. Les fusils brandis vers le ciel, les cris, les menaces. « On va fouiller cette putain de forêt et on va retrouver cette saloperie ! On va la descendre ! On va lui dérouler les tripes ! La mettre en charpie ! On va... »

Robert Matthieu se tenait un peu à l'écart, en compagnie de Jennifer et de Marie. La petite s'était réveillée et semblait calme. Mais elle était pâle comme une morte et ne faisait pas un geste, cramponnée à la main de la jeune femme. Matthieu regardait sa petite-fille et se demandait pourquoi un destin sadique — ou Dieu, ce qui revenait au même — avait voulu que ce soit elle qui découvre les cadavres. Combien de temps mettrait cette vision de cauchemar pour s'effacer de son esprit ? A la pitié, à la détresse, se mêlaient, chez le vieil homme, de la révolte et de la rage. Une rage froide, instinctive, sans objet précis. La rage de l'homme qui en avait trop vu, au long de sa vie, et qui en voyait encore et encore...

— Elle s'en remettra, dit doucement Marie. Je l'aiderai à effacer ça de sa mémoire.

Robert dévisagea la jeune femme, une nouvelle fois stupéfait. Comment avait-elle pu deviner précisément ses pensées ? Quels pouvoirs possédait-elle ? Elle avait endormi Jennifer par la simple imposition des mains. Et il se rendait bien compte que c'était elle, et elle seule, qui faisait que l'enfant était calme.

— Mais qui êtes-vous donc? murmura Matthieu.

Marie eut un sourire un peu lointain, pas très gai.

— Je suis son amie, monsieur Matthieu, répondit-elle. Ne cherchez pas à en savoir plus.

— Mais...

A ce moment, Jennifer eut un sursaut.

— Ma petite, s'écria son grand-père, la gorge nouée.

Jennifer darda sur Robert un regard vide. Elle battit plusieurs fois des paupières. Avec soulagement, Matthieu vit la lueur de folie disparaître progressivement de ses yeux.

— C'est fini, ma chérie, souffla Marie. C'est fini.

Jennifer se mit à pleurer. Des pleurs silencieux, sans cris, ni sanglots. Juste les larmes qui coulaient à flot sur les joues rondes et dorées. Un désespoir muet qui poignarda Robert Matthieu.

— Jennifer, murmura le vieil homme. Ma minouchette...

A nouveau, Marie posa ses mains sur la tête de l'enfant.

Jennifer soupira, regarda la jeune femme.

— Ça va aller, dit Marie. Ce n'était qu'un mauvais rêve... Regarde-moi... Regarde-moi, Jennifer...

Marie leva son index.

— Qu'est-ce que tu vois?

Les yeux de Jennifer s'agrandirent.

— Une... une fleur, balbutia l'enfant.

— Quelle fleur?

— Une... rose.

— De quelle couleur?

— Jaune...

— Tu sens son parfum?

— Oui... Ça sent bon...

— Respire bien ce parfum... Je te donne cette rose... Maintenant, dis-moi... A quoi penses-tu?

— A... à cette rose...

— Alors prends-la... Prends-la bien... Tu la tiens, Jennifer?

Jennifer fit le geste de saisir quelque chose d'invisible.

Robert Matthieu ne put retenir un murmure stupéfait. Comme par enchantement, les vociférations des chasseurs avaient cessé. Tous contemplaient la scène avec effarement.

— Fais bien attention à ne pas te piquer, dit encore Marie.

— Oui... oui...

— A quoi penses-tu, Jennifer?

— A... à cette belle rose...

— Allonge-toi, maintenant, et fais bien attention à ne pas abîmer ta rose...

L'enfant obéit, maintenant sa main dressée qui tenait la rose immatérielle. Ses yeux se fermèrent. Sa respiration se fit lente, paisible.

— Voilà, dit Marie.

— Mais comment avez-vous fait ça? explosa Robert Matthieu. Vous êtes une sorcière ou quoi?

Marie lui jeta un long regard. Matthieu rougit et bredouilla :

— Excusez-moi... Je... je suis un vieil imbécile!

Marie eut un sourire. Elle posa sa main sur le front de Jennifer endormie.

— C'est une forme d'hypnose, dit-elle. Elle reviendra à elle dans un moment. Je ne vous affirme pas qu'elle aura tout oublié, mais ça ira beaucoup mieux. Il faudra cependant que je reste auprès d'elle.

Robert secoua la tête, complètement dépassé pour la première fois de sa vie. Il leva les yeux. Les autres chasseurs le regardaient. Il sut ce qu'ils pensaient et n'osaient lui dire.

Il fallait prévenir Paul Terrier qui chassait à l'autre bout du territoire. Il fallait le prévenir... Et naturellement, chacun pensait que c'était à lui, ancien flic, de le faire...

A ce moment, Philippe Lacour, qui était retourné auprès des corps, sortit du bois et s'approcha, marchant à grands pas. Il était blême.

— Je confirme pour les morsures, dit-il. C'est bien un homme qui a fait ça.

Un lourd silence pesa sur le groupe des chasseurs.

— Comment va-t-elle ? demanda Philippe en montrant Jennifer.

— Elle dort, répondit Marie. Tu veux l'examiner ?

— Tout à l'heure, au pavillon. Robert, s'il vous plaît...

Robert Matthieu se releva, détournant avec peine son regard de Jennifer. Philippe le prit par le bras.

— Matthieu, dit le médecin, il faudrait...

— Je sais, répondit Robert. Je vais y aller... Vous, prévenez la gendarmerie.

— Oui.

A pas lents, Robert Matthieu prit la direction du pavillon de chasse. Il avait au cœur des instincts de meurtre. Il ne savait pas s'il pourrait les contenir !

René Mathy regardait le groupe des chausseurs et la femme brune qui s'éloignaient de la forêt, emmenant la petite avec eux. Il ne pouvait pas les attaquer. Ils étaient trop nombreux. Ils l'abattraient à coups de fusil. Il ne devait pas mourir. *Son Maître* le lui interdisait. Il devait vivre... Et offrir au Maître ce que le Maître exigeait de lui. Du sang, de la chair, du plaisir...

Il valait mieux ruser. Redevenir le René Mathy d'avant. Cet humain dont il se souvenait mal, qu'il méprisait et détestait, mais qui, il le savait, ne serait jamais soupçonné.

Ce René-là pourrait accomplir les desseins du Maître.

René Mathy sortit à reculons de son taillis et, sans faire le moindre bruit, effectua un large détour pour quitter le couvert. Il retrouva la voie ferrée, la longea un bon moment. Puis il prit la direction du village.

Il allait s'en jeter un au bistrot !

*
**

De toutes les corvées qu'il avait dû remplir au cours de sa vie de flic, la pire, pour Robert Matthieu, avait toujours été celle de prévenir une famille du décès d'un des siens. Avec Paul Terrier, ç'avait été ENCORE pire. Robert entendait encore le cri du malheureux père, revoyait son visage convulsé. Il sentait l'étreinte de ses mains autour de ses poignets pendant qu'il essayait en vain de le traîner loin du corps de sa fille. Bordel, pour un peu, Robert Matthieu se serait soûlé la gueule rien qu'à cause de ce cri, de cette étreinte. Se soûler et oublier...

Les chasseurs se tenaient immobiles, silencieux, dans le pavillon. Ils fumaient, leurs regards étaient mornes, encore incrédules. Dérision : le tableau de chasse était aligné sur le sol. Un beau tableau. Plein d'amertume, Robert avait machinalement compté treize faisans, douze perdreaux, deux lapins et trois lièvres... Comment pouvait-il s'attacher à de tels détails ?

— Mais pourquoi cette pauvre gosse est-elle allée dans la forêt ? gémit Luc Gérard en essuyant ses grosses lunettes.

Nul ne répondit. Robert se leva, alla se poster devant la fenêtre. Il regarda longuement l'orée de la forêt du Beau-Cry, le chemin de terre qui y menait, les champs, les pâtures. Un monstre se terrait quelque part au milieu de ce paysage bucolique, reposant. Un monstre qui avait tué et qui, il en était persuadé, tuerait encore, à la première occasion. Un monstre qu'il se reprochait, lui, Robert Matthieu, de n'avoir pas déjà mis hors d'état de nuire.

Matthieu cilla en voyant apparaître, cahotant entre les ornières, le fourgon bleu de la gendarmerie. Une ambulance suivait, gyrophare allumé. Robert grimaça. Il n'enviait pas les collègues qui avaient dû faire les premières constatations, même si, au fond de lui-même, une curiosité toute professionnelle le titillait sournoisement.

— Les gendarmes vont venir nous interroger, dit-il sans s'adresser à personne en particulier.

— Qu'est-ce qui va se passer ? demanda le président Marcadet.

— Le juge d'instruction va saisir le SRPJ. L'affaire

dépasse la compétence d'une simple brigade de gendarmerie. On va avoir droit au grand jeu.

— N'importe quoi, gronda Philippe Lacour, pourvu qu'ils coincent le type qui a fait ça!

Il se tenait à côté de Marie très pâle. Il lui prit la main, sans se préoccuper des autres chasseurs.

— Parce que vous croyez réellement que c'est un homme qui a fait ça? dit Jean Pallard.

— C'est dingue, soupira Marcadet.

— Ne parlez pas si fort, dit Marie avec autorité, montrant la porte derrière laquelle reposait Jennifer.

Les chasseurs baissèrent la tête, pris en faute.

— Désolé, dit le président.

— C'est un homme, répéta Philippe à mi-voix. Matthieu ne me contredira pas.

— Oui, approuva Robert. Les traces de morsure sont celles de mâchoires humaines.

Il n'avait pas envie d'expliquer une nouvelle fois ce qu'il avait déjà expliqué dix fois aux gendarmes. Mais il comprenait l'incrédulité des chasseurs.

— Eh oui, soupira-t-il. C'est comme ça... C'est monstrueux, mais c'est comme ça...

*
**

René Mathy se sentait presque bien avec son mal de tête. Peut-être qu'il s'était habitué. Peut-être qu'il se souvenait moins de ce qu'on pouvait ressentir quand on n'avait PAS mal à la tête.

Assis à sa table habituelle, au bistrot, devant sa bouteille de blanc, René Mathy souriait béatement en écoutant d'une oreille distraite les bavardages des autres consommateurs. On parlait des meurtres. Ça n'intéressait pas trop Mathy. Il savait bien, quelque part au fond de lui-même, qu'il était lié, d'une manière confuse, à ces meurtres. Mais quelque chose lui anesthésiait l'esprit, tendait sur ses capacités de réflexion une sorte de voile d'indifférence sereine. René Mathy se sentait INNOCENT, au sens vrai du terme, et cela le réjouissait beaucoup.

C'était un véritable brouhaha. Chacun émettait son avis sur l'affaire, parlait plus fort que son voisin, proférait des menaces de plus en plus virulentes ou, au contraire, au milieu de lourds et solennels silences, plaignait amèrement « c'te pauv'Nicole » et ce « pauv'Paul »... « Les imbéciles, songeait René Mathy. Comment auraient-ils pu comprendre que la Nicole et son bon ami n'avaient été que des proies, de la chair, du sang et du fluide pour le Maître. Il n'y avait pas eu de haine en lui... On ne hait un bifteck ou un plat de patates quand on va les bouffer... On les aimerait même plutôt bien ! »

Les pensées de Mathy se brouillèrent subitement. Le vide... La soif... Le vin blanc... René Mathy renversa la bouteille au-dessus de son verre et partit d'un éclat de rire idiot qui ressemblait à un hennissement.

Dans le café, les bavardages s'interrompirent. Chacun tourna la tête vers l'ivrogne qui s'esclaffait à gorge déployée. Comment ce salaud osait-il se soûler la gueule et rigoler le jour où on découvrait morte — et dans quelles conditions ! — la fille de son patron ! Mais ce fumier n'avait donc aucune décence !

Le regard dur, Georges Leclerc contourna son comptoir et s'approcha de Mathy.

— Tu vas fermer ta gueule, espèce de con ! l'apostropha-t-il.

Le rire de Mathy s'étrangla. La bouche grande ouverte, l'ivrogne reste figé, comme absent. Leclerc se pencha, retenant difficilement son envie de lui écraser son poing sur la bouche, cette bouche à l'haleine chargée, aux quelques dents restantes longues et jaunes — tiens, cet enculé avait perdu sa dent de devant !

— Dégage, ordure ! reprit Leclerc. Tu m'entends ? Dégage !

René Mathy clignait des yeux. Chacun, dans le bistrot, le vit serrer les poings et, pendant un instant, on put croire qu'il allait se jeter sur Leclerc. Ce dernier le crut aussi, car il recula, prêt à se mettre en garde. Mais Mathy se contenta de grommeler quelque chose d'inintelligible. Il mit la main dans sa poche, plaqua un billet crasseux sur le dessus de la table.

— J'en veux pas, de ton fric ! hurla Leclerc en lui jetant le billet à la figure. Fous le camp !

René Mathy ne chercha pas à récupérer son billet. Comme s'il n'avait rien vu, rien entendu, il tangua vers la porte et sortit, suivi par des regards haineux ou méprisants.

— Nom d'un bordel, s'écria un des consommateurs, j'crois que j'lui avais jamais vu une cuite pareille, au René ! Qu'est-ce qu'il tient !

Leclerc lui jeta un regard mauvais.

— Tu déconnes ! Il a bu qu'un litre ! Lui, pour qu'il soit cuité, il lui en faut au moins cinq !

— Il est peut-être malade, décréta un autre consommateur.

Mais on oublia vite René Mathy. Il y avait un sujet de conversation autrement plus intéressant, ce dimanche, au village !

***

L'être avait été tenté de répondre à la provocation de l'homme, dans le café. Ç'aurait été facile. Il pouvait à sa guise transformer son chétif complémentaire en un combattant invincible, juste en transférant son énergie dans son corps. Mais ça n'aurait pas été prudent. Il était trop tôt pour qu'il se découvre. Cette proie, et toutes les autres, ne perdaient rien pour attendre. Lui-même ne se repaîtrait peut-être pas d'eux, mais bien ses descendants… L'être en était heureux d'avance.

C'est en passant non loin du lieu où l'René avait occis les deux proies que l'être perçut les ondes délicieuses de cette jeune créature que son complémentaire désirait si fort. Par l'intermédiaire du René, il la considéra longuement…

Il considéra aussi l'ennemie qui l'escortait.

René Mathy resta un long moment immobile au bord

de la route. Le père Matthieu déposa doucement sa petite-fille dans sa Lada. La femme brune monta à côté d'elle, pendant que Philippe Lacour grimpait dans son Range-Rover. Les deux 4x4 démarrèrent l'un derrière l'autre.

Il les suivit des yeux jusqu'à ce qu'ils disparaissent à un tournant de la route.

Les chasseurs se dirigeaient vers le chenil, vers leurs voitures. Ils marchaient d'un air accablé. Ils se quittaient sans effusion. Le fourgon de la gendarmerie était encore là.

René Mathy cracha par terre et rentra chez lui.

*
**

Marie revint dans le salon, chassa machinalement une mèche qui lui retombait sur l'œil. Robert Matthieu et Philippe la regardèrent.

— Tout va bien, dit-elle. Elle dort...

Elle alla s'asseoir devant les deux hommes. Tous trois s'étaient retrouvés chez Robert, après le long interrogatoire des gendarmes. Marie s'était occupée de Jennifer, qui s'était réveillée durant le trajet du pavillon au bourg, mais qui était demeurée calme, dans les bras de la jeune femme. Marie ne jurerait pas que Robert Matthieu n'était pas un peu jaloux.

— Voulez-vous boire quelque chose ? demanda cependant l'ancien policier, courtoisement.

— Volontiers, répondit Marie. Quelque chose de fort, j'en ai besoin.

Robert lui versa un grand verre de whisky, qu'elle ingurgita cul sec, ce qui la fit tousser et amena une lueur d'étonnement dans les yeux de Philippe.

— Merci, souffla-t-elle.

Robert s'était rassis et la regardait fixement.

— Que savez-vous exactement de cette affaire, mademoiselle de Roche-Lalheue ? demanda-t-il à brûle-pourpoint.

Marie cilla. Il y avait eu dans la voix de Matthieu quelque chose de très professionnel.

— Malheureusement pas autant que je ne voudrais, répondit-elle. Et je crains que ce que j'en sais ne vous satisfasse pas.

— Dites toujours.

Philippe esquissa un geste, mais Marie le retint.

— Vous ne croyez pas aux médiums, monsieur Matthieu, reprit la jeune femme. Cela pose un préalable qui risque de bloquer toute compréhension entre nous.

Robert Matthieu demeura impassible.

— Si Jennifer est concernée, je suis prêt à surmonter tous les préalables, mademoiselle.

Marie eut un pâle sourire.

— Dans ce cas...

Elle réfléchit. Il n'allait pas être facile de faire admettre certaines choses à l'esprit rationnel qui se trouvait en face d'elle.

— J'ai entendu Jennifer m'appeler au secours, dit-elle enfin. C'était il y a un peu plus d'un mois. J'ai distingué autour d'elle un danger mortel, informulé... Quelque chose d'absolument hideux... Quelque chose... qui n'est pas de ce monde... Quelque chose qui a besoin d'elle... de sa pureté... de sa vie, pour se développer... Une forme... de Mal, monsieur Matthieu.

Un long silence fit écho aux paroles de Marie. Philippe avait pâli sous sa moustache. Robert semblait changé en statue de pierre.

— Tous... tous ces meurtres qui ont eu lieu... c'est affreux à dire, mais... ce n'était qu'une répétition. Un hors-d'œuvre. C'est Jennifer qui doit être l'accomplissement de... du sacrifice!

Robert Matthieu écrasa son poing sur l'accoudoir de son fauteuil. Marie supporta sans broncher la colère qui étincelait dans son regard. Sans doute son calme contribua-t-il à ce que Matthieu se domine. Car il dit, sec mais posé :

— Ce que je veux savoir, mademoiselle, c'est QUI a fait ça?

Marie haussa les épaules.

— J'ai certains dons, mais pas celui de divination,

monsieur Matthieu. Je suis incapable d'aller au village, de passer en revue tous ses habitants et de pointer mon doigt sur l'un d'eux en vous disant : voilà l'assassin. D'autant qu'il n'en a sûrement même pas conscience.

— Marie, intervint Philippe, tu veux dire...

— Je veux dire que cet homme... ou cette femme, je ne sais pas... est possédé ! Possédé par... cette ignominie. Il agit sur son ordre, et oublie probablement tout dès qu'il revient à lui.

Robert Matthieu se pencha en avant, se resservit à boire.

— Ça ne tient pas debout, souffla-t-il.

— C'est pourtant ainsi, monsieur Matthieu, rétorqua Marie. S'il vous plaît, regardez-moi !

Robert releva la tête et son regard fut instantanément capté par celui de Marie.

— Je pourrais vous convaincre, monsieur Matthieu, dit la jeune femme. Je pourrais pénétrer vos pensées sans que vous vous en aperceviez, et vous imposer mes propres pensées. Je vous posséderais, comme cette chose qui possède en ce moment un malheureux et le transforme en machine à tuer... Mais je ne le ferai pas, car je ne viole pas les âmes... Je ne vous demande même pas de me croire. Je ne vous demande qu'une chose : veillez sur Jennifer, car elle est en danger de mort.

Robert Matthieu demeura un long moment à fixer Marie. Il se détourna enfin.

— Quel genre de femme êtes-vous donc ? souffla-t-il.

— Je vous l'ai déjà dit, monsieur Matthieu, répliqua Marie, lugubre. L'amie de Jennifer... et la seule qui puisse l'aider.

Marie enjamba le rebord de la baignoire, se laissa couler dans l'eau mousseuse. Tout son corps n'était que lassitude. Une fatigue mortelle pesait sur elle. L'envie de se trouver ailleurs, ignorant ce bourg, et cette société de chasse. L'envie de n'avoir jamais connu de Robert Matthieu, de Jennifer. L'envie de ne pas être ce qu'elle était...

Ed... Jeanne... Passaient-ils par les mêmes affres qu'elle? Souffraient-ils comme elle souffrait? Si seulement ils pouvaient être là, auprès d'elle. Ils pourraient l'aider, la réconforter, consoler ses peines, sa peur... Cette peur qui ne la quittait que lorsqu'elle s'oubliait entre les bras de Philippe.

Philippe... Elle se redressa. Elle pouvait l'entendre qui allait et venait dans la pièce voisine. Elle se mordit les lèvres. Elle était si bien, auprès de lui. Il la rassurait, la comprenait. Il... l'aimait et elle ne l'avait pas influencé pour ça. Mais c'était un amour impossible. Ils n'étaient pas de la même race, de la même nature. Elle repartirait et lui resterait dans ce bourg, médecin de campagne, et il l'oublierait.

Un détail idiot traversa l'esprit de Marie. La veille, c'était elle qui avait pris les rendez-vous téléphoniques des patients de Philippe... comme l'aurait fait son épouse...

Marie baissa la tête et se mit à pleurer.

La porte de la salle de bains s'ouvrit. Elle leva la tête. Philippe la regardait, silencieux. Un regard qui se prolongea tellement que Marie crut s'y perdre.

— Qui es-tu? demanda-t-il enfin.

Alors tout se brisa dans l'âme de Marie.

Elle lui raconta...

Quand elle se tut, l'eau du bain était presque froide, et la jeune femme frissonnait. Elle se leva, saisit la serviette de bain pour se sécher. Comme il en avait pris l'habitude, Philippe s'approcha d'elle et l'essuya dans le dos. Elle ferma les yeux lorsque ses mains touchèrent sa peau.

— Pourquoi ne m'as-tu pas dit tout ça quand tu es venue me voir la première fois? demanda-t-il.

Elle eut un rire sans joie.

— M'aurais-tu crue?

Il ne répondit pas.

— Tu vois bien... Même en cet instant, tu ne sais pas si tu dois me croire.

Il eut un geste d'impuissance.

— C'est tellement à l'opposé de tout ce qui est l'essence de ma vie..., ma formation de médecin !

— On ne peut mettre la magie en équation. Ça ne l'empêche pas d'exister.

Elle se retourna, étendit la main. Les brosses, peignes, le tube de dentifrice, et jusqu'à la brosse à dent électrique et au jet dentaire, posés sur le rebord du lavabo, s'élevèrent dans les airs, flottèrent un instant au-dessus de la baignoire avant de reprendre leur place. Philippe demeura bouche bée devant le phénomène. Marie lui sourit. Elle posa sa serviette humide et lui fit face, nue.

— Beaucoup de scientifiques ont étudié cette expérience, dit-elle. Ils l'ont baptisée télékinésie... Un nom pédant. Je pourrais faire bien d'autres choses. Seulement je ne veux pas. Je suis une sorcière, pas une attraction foraine.

Philippe était figé. Elle sourit amèrement.

— Je suis surtout une femme. Une femme prisonnière d'un destin qu'elle n'a pas souhaité... Une femme. Mais si tu me vois autrement..., comme une espèce de monstre, dis-le. Je m'en irai.

Il tressaillit.

— Je suis bien avec toi, Philippe, reprit-elle. Je... je ne sais pas si je t'aime, si je suis capable d'aimer et... je comprendrais que tu ne veuilles plus de moi. Mais je veux que tu saches... La première fois que nous nous sommes rencontrés, oui, j'ai influencé tes pensées, j'ai agi sur toi... Mais je ne l'ai pas fait pour... que naisse... ton sentiment. Je n'ai pas triché. Je ne tricherai jamais.

Philippe ne répliqua pas. Le cœur lourd, les yeux embués de larmes, Marie quitta la salle de bains. Elle passa dans la chambre de son ami. Sa chambre où, insensiblement, elle avait imprimé sa présence féminine. Sa valise était posée à côté de l'armoire, ses affaires étaient pendues à l'intérieur. Il ne lui faudrait que peu de temps pour boucler son bagage. Elle haït le chagrin qui lui nouait la gorge. Elle était si faible !

— Marie…

Elle se retourna. Il était là, dans l'embrasure de la porte. Il eut un geste d'impuissance.

— Je renonce à comprendre, à expliquer, dit-il. En fait, ça n'a pas d'importance… Il n'y a que deux choses qui comptent. La première, c'est que Jennifer est en danger. Et la seconde…

— La seconde ?

— C'est que je ne veux pas que tu partes.

Il s'avança vers elle, lui prit les mains.

— Faire l'amour avec une sorcière, c'est assez excitant, non ?

— Philippe…, ne te moque pas…

Il l'attira si violemment contre lui qu'elle poussa un petit cri. Il prit sa bouche, ses mains la caressèrent fiévreusement. Mais il se calma aussi vite. Il la regarda longuement.

— Marie, souffla-t-il, je ne sais pas si tu as utilisé des trucs pour me rendre amoureux de toi, et je m'en fous ! De toute façon, toutes les femmes ont l'art d'ensorceler les hommes, et tous les hommes adorent être ensorcelés par les femmes. Je t'aime, et je ne veux pas que tu repartes de cette maison. Ni demain… ni jamais !

Marie en ressentit un choc. Sa peine, ses angoisses disparurent. Une onde de chaleur descendit en elle.

— Philippe…, tu vas dire des bêtises, gémit-elle.

— Eh bien oui, je vais dire des bêtises. J'y pense depuis plusieurs jours et je me dis que je suis dingue… Mais plus encore, je suis con d'attendre. Marie… quand toute cette histoire sera finie…, est-ce que tu veux devenir ma femme ?

Marie crut que ses jambes se dérobaient sous elle. Philippe la prit dans ses bras, la souleva, la porta sur le lit, l'y allongea, se pencha sur elle.

— *Ma femme est une sorcière*, cita-t-il. J'avais toujours adoré ce feuilleton, quand j'étais gosse… Tu devrais apprendre à faire remuer ton nez !

Elle eut un rire qui ressemblait à un sanglot et il l'attira sur lui, de toutes ses forces.

CHAPITRE X

On sonna et Ric et Lord se mirent à aboyer, signe qu'ils ne connaissaient pas le visiteur. Robert Matthieu releva le nez. La télé était allumée, mais du diable s'il pouvait dire ce qu'il regardait. En pensées, il se trouvait dans la forêt du Beau-Cry. Il s'efforçait de passer en revue les quelques indices qu'il pensait posséder. Trois jours que Nicole et son ami avaient été retrouvés morts. Trois jours de questions impossibles et d'angoisse. Trois jours qu'il menait Jennifer à l'école et allait l'y rechercher. Trois jours qu'il considérait le monde comme une jungle hostile.

— Du calme, les chiens ! grogna-t-il en se levant de son fauteuil.

Il marcha jusqu'à la porte de sa véranda, traversa le jardin et alla ouvrir le portail. Il tressaillit en reconnaissant quelqu'un qu'il avait beaucoup vu, ces derniers jours. C'était l'adjudant de gendarmerie Louis Morizot, du Beau-Cry, en civil.

— Bonsoir, monsieur le commissaire, dit le gendarme. J'aurais aimé vous parler, si ça ne vous dérange pas...

Robert Matthieu s'effaça, dissimulant son étonnement. Le gendarme était un grand gaillard et il le savait solide, au fait de son métier. En cet instant, pourtant, il semblait désemparé.

— Entrez donc, dit Matthieu. Mais vous savez... je ne suis plus commissaire depuis quelques années !

Il précéda l'adjudant jusque chez lui. Le gendarme jeta un rapide regard aux trophées accrochés au mur, à la cheminée massive, à l'intérieur douillet, un peu suranné qu'affectionnait Matthieu. Robert se sentait absurdement gêné par cette intrusion. Machinalement, il troqua ses pantoufles pour des chaussures.

— Asseyez-vous, adjudant, dit-il. Comme vous n'êtes pas en service, je peux vous offrir à boire. Whisky, Martini, pastis ?

— Un pastis, s'il vous plaît, répondit Morizot.

Robert Matthieu remplit deux verres. Il lorgnait le gendarme du coin de l'œil. Morizot avait l'air vraiment emmerdé, il croyait deviner pourquoi.

— J'ai fait mon rapport au juge d'instruction, dit enfin le gendarme.

— Et le SRPJ débarque.

— C'était à prévoir.

Il y eut un silence.

— Quand vous êtes venu nous raconter, pour la chienne, on ne s'est pas occupés de l'affaire comme on aurait dû. Et maintenant...

— Et maintenant, compléta Robert, vous aimeriez bien solutionner le problème avant que la police judiciaire vienne y mettre son nez.

Morizot rougit, mais ne se déroba pas.

— Oui, monsieur le commissaire. Voyez-vous, j'ai une fille qui était l'amie de Nicole Terrier... Eh bien je voudrais solutionner l'affaire, oui, comme vous dites. En vidant mon chargeur dans les tripes du salaud qui a fait tout ça !

Robert se figea. Pour qu'un adjudant de gendarmerie lui fasse un pareil aveu, il fallait vraiment qu'il soit bouleversé.

— Allons, adjudant, dit-il. Vous déraisonnez.

— Pas le moins du monde ! Un homme qui se conduit aussi... sauvagement, c'est pas un homme ! Ça mérite pas de vivre !

La colère faisait perdre son sang-froid à Morizot. L'adjudant se leva brusquement.

— Je suis un policier comme vous et je respecte mon métier, nom de Dieu ! Comme vous avez respecté le vôtre, je suppose ! Mais regardez-moi en face et osez me dire que cet assassin a des excuses.

Robert comprenait parfaitement la réaction de Morizot.

— C'est un fou, dit-il simplement.

— Alors il sera jugé irresponsable et on va l'envoyer dans un asile. Et puis un toubib affirmera qu'il est guéri ! Alors il sortira et il pourra tranquillement recommencer !

A son tour, Robert se leva.

— C'est un débat vieux comme la justice. Calmez-vous, adjudant.

Morizot inspira trois fois, profondément, avant de se rasseoir.

— Je veux coincer ce type, dit-il. Aidez-moi, commissaire. C'est pour ça que je suis venu vous voir. Vous avez l'expérience de ce genre d'histoires. Aidez-moi et oubliez ce que je vous ai dit à propos de...

L'adjudant détourna le regard. Robert Matthieu eut un petit sourire. Ainsi donc, même retraité, il se retrouvait dans le coup.

— Eh bien, commença-t-il, je crois qu'il faut chercher parmi les villageois ou les gens vivant dans les proches alentours du Beau-Cry.

— Oui... Un étranger aurait tout de suite été repéré.

Robert Matthieu resservit du pastis. Il se pencha vers Morizot.

— Partons du principe que le type qui a fait ça est un fou.

« Sa folie est à éclipse, si vous voyez ce que je veux dire. Ce type est normal, a un comportement normal, jusqu'à ce qu'il pique sa crise... »

Robert s'interrompit, songeant qu'il répétait presque mot pour mot ce que lui avait dit Marie de Roche-Lalheue. Il en ressentit de l'irritation. Il pouvait faire ses déductions lui-même, sacrebleu, sans se laisser influencer par cette illuminée !

— Alors il tue, reprit-il brutalement. Il a commencé par des animaux, maintenant, ce sont des humains. Mais pour lui, ça ne fait pas de différence. Vous me suivez?

Morizot acquiesça.

— Je crois... Mais ça ne me donne pas beaucoup de précisions.

— Je sais... Il va falloir faire tout un travail de recherche, remonter les antécédents médicaux d'à peu près tout le monde à vingt kilomètres à la ronde.

Morizot se rembrunit.

— Ça va prendre un temps fou...

— Et vous le voulez vite, je sais...

Robert hésita. Il lui répugnait d'en revenir à Jennifer, mais il ne voyait pas comment l'éviter.

— Le matin, au début de la chasse, ma petite-fille a cru voir quelqu'un dans la forêt, tout près de l'endroit où on a retrouvé les corps...

*
**

Le Maître avait décidé...

René Mathy pédalait lentement, se penchant en avant pour gravir la dernière côte qui le séparait du bourg. Il faisait nuit et il n'avait pas d'éclairage. Il s'en moquait. Il n'en avait pas besoin. Il voyait grâce au Maître et pour le Maître, l'obscurité n'existait pas. Pas plus que la fatigue, la peur..., la pitié. Le Maître était Perfection, et lui, René Mathy...

A nouveau, les pensées de Mathy se bloquèrent. Chaque fois qu'il parvenait à se faire une idée assez précise du Maître, le Maître l'empêchait de penser. René Mathy s'en irritait. Pourquoi le Maître ne lui faisait-il pas confiance? Et pourquoi lui imprimait-il ce mal constant, insoutenable?

René Mathy traversa la place centrale du bourg. L'horloge, au fronton de la mairie, indiquait vingt-deux heures trente. René Mathy tourna à gauche, contournant une halle ronde, prit la direction de la colline sur laquelle poussaient les premiers vignobles.

Le Maître savait. Le Maître lui avait dit. C'était au pied de cette colline qu'habitait la petite. La proie. Dans une maison un peu à l'écart des autres, au fond d'un grand jardin.

Morizot était comme statufié. Ses yeux ne laissaient filtrer que deux lueurs minérales. Robert Matthieu en fut impressionné. L'adjudant ne plaisantait pas. S'il coinçait l'assassin, il n'y aurait pas de procès.

— Qu'a-t-elle vu ? demanda sèchement le gendarme.

— Que CROIT-elle avoir vu, corrigea Robert. Ne vous emballez pas. J'étais avec elle, et moi je n'ai rien vu. Si elle n'a pas eu la berlue, ça n'a duré qu'une fraction de seconde.

— Tout de même ! Vous savez que c'est un indice précieux !

— Bien sûr que je le sais.

— Et vous n'en avez pas soufflé mot !

Matthieu ne répliqua pas, pris en faute. Morizot le foudroyait du regard. Mais il se contenta de grogner :

— Vous avez interrogé votre petite-fille ?

Très gêné, Robert resservit à boire. Ça éclusait sec, chez lui, ce soir, malgré l'heure tardive.

— Qu'est-ce que vous croyez... Même à la retraite, je reste un flic !

— Qu'est-ce qu'elle vous a dit ?

Robert réfléchit.

— C'est très confus. Le jour même où les corps ont été retrouvés, elle était bloquée, dans les vapes. Depuis, j'essaie d'y aller tout doucement, pour ne pas achever de la traumatiser... Elle m'a dit que c'était un homme, mais qu'il marchait comme un animal.

Morizot ouvrit une large bouche.

— Comme un animal ! A quatre pattes ?

Robert eut un petit rire.

— Pas exactement. Je crois qu'elle a voulu dire qu'il se tenait courbé, qu'il se dissimulait en marchant... Comme un animal en chasse.

Robert Matthieu trouvait ses dernières paroles

empreintes d'un romanesque de pacotille. Morizot dut penser comme lui, car son visage refléta une moue de scepticisme.

— Est-ce que Jennifer pourrait décrire cet homme? demanda le brigadier.

— Pour le moment elle dort, rétorqua Robert, et c'est le mieux qu'il puisse lui arriver. Mais je vais vous rapporter ce qu'elle m'en a dit... C'était un homme de petite taille. Il portait un chapeau, une chemise ouverte sur la poitrine et il avait des yeux perçants. C'est surtout ça qui l'a frappée. Des yeux perçants. Elle me l'a répété à plusieurs reprises.

Morizot hocha la tête.

— Des yeux perçants..., marmonna-t-il.

— Et il lui manque une dent sur le devant, dit une voix claire, dans leur dos.

Robert Matthieu et l'adjudant Morizot se retournèrent du même mouvement, vers Jennifer qui se tenait au milieu de l'escalier qui menait à l'étage, remontant machinalement son slip de bain rouge trop lâche. De sa main libre la fillette se cramponnait à la rampe. Elle tremblait et son visage était livide. Elle répéta :

— Il lui manque une dent sur le devant...

René Mathy attendait patiemment, sans quitter des yeux la façade de la maison. Dissimulé dans un verger, il se savait invisible, dans cette nuit sans lune. Il ne risquait rien. Et quand bien même... Une détermination implacable l'habitait et il était prêt à tuer n'importe qui se mettrait en travers de sa route... Le Maître exigeait. René, la tête torturée dans son habituel étau, obéissait, même s'il essayait, timidement, de protester contre sa cruauté.

Mais il n'était pas temps d'agir. Le père Matthieu avait de la visite. Aucune importance. Son visiteur partirait. Matthieu irait se coucher. Il s'endormirait...

L'René... *l'être*... songea à la petite et une vague de désir et d'impatience l'envahit.

— S'il vous plaît... non..., gémit Mathy.

Mais l'être... le Maître, le fit taire. Il était temps que s'achève la mue et que disparaisse ce complémentaire encombrant.

Cette nuit, grâce à la petite, ce serait chose faite.

— Qu'est-ce que tu dis, ma chérie? demanda Robert Matthieu en saisissant doucement Jennifer par les épaules.

Morizot et lui s'étaient précipités vers la fillette. Jennifer clignait des yeux égarés, embrumés de sommeil, mais sa peur était plus forte que les sédatifs administrés par Philippe. Ses mains s'ouvraient et se fermaient et son regard fixe semblait voir des choses qui n'appartenaient qu'à elle. Une seconde, Robert fut tenté d'appeler chez Philippe, pour demander à Marie de venir calmer l'enfant, comme elle l'avait déjà fait. Il repoussa cette pensée avec colère. Il était bien capable de veiller sur sa petite-fille sans demander le secours d'une cinglée!

— Il lui manque une dent de devant, répéta une nouvelle fois Jennifer.

— Mais qu'est-ce qu'elle dit? grommela Morizot.

Robert lui fit signe de se taire. Il caressa doucement les cheveux de sa petite-fille, ses joues, ses épaules, jusqu'à ce qu'elle cesse de trembler. Jennifer parut revenir à la raison. Elle fixa son grand-père et eut un faible sourire.

— C'est vrai, papy, dit-elle avec plus d'assurance. Il lui manque une dent.

— Comment le sais-tu?

— C'est la petite fille du café, au village, qui m'a montré la dent. Elle l'a trouvée juste là où son chat avait été...

Jennifer eut un bref tremblement, mais se domina.

— C'est vrai, papy, insista-t-elle. Je te raconte pas des histoires. J'ai vu la dent. Une sale dent toute jaune avec du tartre!

Robert et l'adjudant échangèrent un regard tendu. Jennifer bâilla et tituba. Robert la prit dans ses bras.

— Il faut que tu dormes, ma chérie, dit-il.

— J'ai trop chaud, papy... J'étouffe dans ma chambre...

— Je vais t'ouvrir la fenêtre.

Robert Matthieu fit signe à Morizot de l'attendre. Il monta Jennifer jusque dans sa chambre, la coucha dans son lit. L'enfant gémit et, déjà presque endormie, enleva son slip. Ses draps étaient trempés de sueur. Peut-être devrait-il les lui changer? Non... Jennifer dormait déjà. Il alla tirer le rideau et entrouvrit les volets. Il revint vers l'enfant, se pencha, déposa un baiser sur son front.

— Dors bien, ma minouchette, murmura le vieil homme. Je te jure qu'on va l'avoir, ce salaud!

Silencieusement, Robert Matthieu sortit et referma derrière lui. Il redescendit. Morizot était au pied de l'escalier.

— Est-ce que vous pensez qu'elle a pu inventer cette histoire de dent? demanda-t-il d'emblée.

— Non, répondit Robert. Jennifer n'a rien d'une enfant mytho ou qui cherche à se rendre intéressante. Si elle dit que l'assassin a perdu une dent de devant, c'est la vérité.

Morizot eut une petite moue.

— Vous concluez peut-être un peu vite, monsieur le commissaire. Que la petite Leclerc ait trouvé une dent n'implique pas obligatoirement que cette dent soit celle de l'assassin.

— Mais elle l'a trouvée là où son chat a été à moitié dévoré! C'est tout de même une drôle de coïncidence, non?

— Bien sûr. Et je compte foncer là-dessus avant qu'on me désaisisse officiellement de l'affaire!

Robert acquiesça.

— L'examen des morsures confirmera s'il manque ou non une dent à l'assassin, dit-il. Quand aurez-vous le rapport du légiste?

— Demain, sans doute... En même temps que la visite de ces messieurs du SRPJ!

— Alors je vous conseille de foncer chez les dentistes du coin et de les interroger. Ça peut ne rien donner, mais ça peut aussi vous mettre sur une piste. Et puis il faudra interroger les gens pour savoir qui peut avoir perdu une dent récemment. Croyez-moi, ce sont des trucs qui se remarquent, même si ça n'a l'air de rien. Surtout une dent de devant !

Morizot semblait tout à coup sur des charbons ardents. Il tendit la main à Robert Matthieu.

– Merci, monsieur le commissaire. Votre petite-fille et vous, vous m'avez donné un sacré coup de main ! J'aurai ce fumier ! Je vous en fais le serment !

Robert sourit et raccompagna Morizot à sa Peugeot bleue réglementaire. L'adjudant se mit au volant, alluma ses phares et démarra. Robert regarda les feux de la voiture s'éloigner dans le noir.

Il ne remarqua pas, dans la lumière jaune fugace, le vieux vélo appuyé contre un arbre, une vingtaine de mètres plus haut. Il rentra chez lui à pas lents. Il se sentait épuisé. Toutes ces émotions, à soixante-sept ans, c'était tout de même beaucoup !

***

Marie reposa le livre qu'elle lisait au lit, entendant la porte d'entrée qui se refermait. Elle sourit. Philippe rentrait de sa visite tardive. Il allait déposer sa mallette dans son bureau, il s'attarderait quelques instants, pour compulser quelque dossier, comme il avait l'habitude de faire. Et puis il paraîtrait…

Oui… Elle se faisait vraiment à cette vie. Sa nouvelle vie de compagne d'un médecin rural. Elle se sentait bien, à son aise, épanouie. Était-ce normal ?

Elle soupira. Elle avait tout avoué à Philippe. Sauf une chose. Si le Mal l'avait contaminée, l'été précédent, en s'en prenant à elle, elle subirait son destin fatal. Elle vivrait plus de six siècles, prisonnière de son apparence et de sa nature secrète. Philippe vieillirait, disparaîtrait, qu'elle serait toujours la même Marie. Cette éventualité lui déchirait le cœur. Elle ne pouvait l'écarter de ses pensées. Elle revenait sans cesse, obsédante, en même temps qu'une effroyable interrogation. Philippe lui avait demandé de l'épouser. Si elle acceptait, si elle devenait sa femme..., s'il voulait des enfants... Quel serait leur sort ? Pire : quelle serait leur nature ? Marie se refusait à la simple possibilité de donner le jour à des êtres qui subiraient sa malédiction.

Philippe apparut. Ils se regardèrent. Il cligna de l'œil.

— J'adore découvrir tous les soirs que tu m'attends nue dans le lit, dit-il. Dès le matin, quand je m'éveille, je ne pense plus qu'à cet instant !

Elle se mit à rire. C'était vrai. Elle l'attendait sans rien sur elle. Et elle aimait ça autant que lui ! Doucement, elle repoussa le drap pour dévoiler son corps. Il avala sa salive.

— Pincez-moi, gémit-il. Je rêve ! Ça ne peut pas être vrai ! J'ai la plus belle femme du monde dans ma maison !

— Tu n'exagères pas un tout petit peu ?

— Jamais de la vie !

— J'ai de trop gros seins. Un jour, ils vont casser...

— Silence, plus un mot ! Si tu dis du mal de tes seins, je ne te les caresserai plus... pendant au moins un quart d'heure !

Elle fit une mine d'enfant fautive.

— Très bien, monsieur Lacour... Je ne dirai plus rien !

Il s'approcha, se pencha sur elle et ils s'embrassèrent rapidement, sur les lèvres. Redevenant sérieuse, elle demanda :

— C'était grave, ton appel ?

— Sûrement une appendicite qui se prépare, répondit Philippe. Dans le doute, j'ai fait hospitaliser l'enfant.

Ils se rembrunirent. Ils avaient eu la même pensée.

— Tu... tu as vu Jennifer, aujourd'hui ? demanda Marie.

Il hocha la tête.

— Oui... Elle va bien... Encore secouée, bien sûr, mais elle reprend le dessus.

Il y eut un silence.

— Son grand-père ne m'aime pas, dit Marie, à mi-voix. Ça me désole. J'ai tellement peur pour cette petite.

Il lui prit la main.

— Ce n'est pas qu'il ne t'aime pas, répliqua-t-il. Mais d'une part tu heurtes sa logique policière, sa façon de penser, de raisonner. N'oublie pas qu'il a presque soixante-dix ans. A cet âge, on ne peut accepter facilement quelque chose à quoi on n'a jamais cru durant toute sa vie.

— Et d'autre part ?

— D'autre part... il redoute, inconsciemment, que tu lui voles sa petite-fille.

— C'est ridicule !

— Mais humain... Il souffre du départ de Marie-Paule, juste après la mort de son gendre. Il ne lui reste que Jennifer, qu'il élève avec tout l'amour, tout le dévouement dont il est capable. Et voilà que tu arrives, inconnue, jeune, et que tu prends auprès de Jennifer une place... immense. Il l'admet mal. Il est jaloux, tout simplement.

Marie acquiesça.

— Oui, bien sûr... Mais en attendant, je ne peux veiller sur elle comme je le voudrais.

Ils se regardèrent, leur angoisse revenue.

— Tu crois vraiment « qu'il » va s'en prendre à elle ?

Elle serrait plus fort sa main.

— Oui... C'est inévitable. Il a besoin de... de son existence pour survivre. C'est un fondement de la nécromancie. L'enfance, la pureté, la virginité nourrissent la perversion, le démoniaque... *le Mal*...

Marie releva brusquement la tête, regarda Philippe bien en face.

— Écoute-moi, je n'ai pas voulu le faire jusqu'à présent, par respect pour lui... et parce qu'il est ton ami. Mais tant pis ! Dès demain, je vais pénétrer ses pensées, le persuader de m'appeler auprès de Jennifer. Il ne s'en rendra même pas compte. Mais c'est trop grave. Il y va... de quelque chose d'encore plus important que la vie d'un enfant !

Philippe ne dit rien, impressionné par la subite véhémence de sa compagne. Marie se détendit, comme si d'avoir pris sa décision la calmait. Elle sourit.

— Tu viens te coucher? demanda-t-elle doucement.

Les yeux de Philippe brillèrent.

— Et comment! Surtout que je me lève tôt demain et que j'ai idée que la nuit sera... courte!

Les yeux de Marie brillaient également.

— Et agitée, je te le promets, murmura la jeune femme.

Philippe eut un gloussement et fila vers la salle de bains. Marie demeura rêveuse. Elle pensait à ses longues périodes d'abstinence d'autrefois. Il y avait eu Thomas. Maintenant, il y avait Philippe. Elle ne pouvait pas s'épanouir avec un homme si elle ne l'aimait pas.

Elle sourit. Voilà... Elle venait de s'avouer qu'elle aimait Philippe. Était-ce une bénédiction ou un malheur?

Il revint, en caleçon à fleurs. Elle pouffa de rire. Il avait toute une collection de caleçons à fleurs de très mauvais goût, et il en était très fier.

Il l'enleva néanmoins pour se mettre au lit.

Ils se regardèrent. Ils aimaient attendre avant de faire l'amour. Ils savouraient leur présence mutuelle, se frôlaient du bout des doigts, s'envoyaient de petits bisous du bout du lèvres. En fait, ils s'émerveillaient d'être l'un avec l'autre.

— J'accepte, dit tout à coup Marie.

Il haussa les sourcils.

— Tu acceptes quoi?

Elle posa sa main sur sa poitrine, le caressa du bout des ongles.

— Tu ne m'as pas fait une proposition, l'autre jour?

Elle le vit rougir, mais il affecta un air perplexe.

— Je ne vois pas de quoi tu parles...

Elle comprit qu'il la faisait marcher. Grondante, elle se jeta sur lui. Ils luttèrent pour rire. Le dominant, elle pesa sur son torse de ses deux mains, l'enserrant entre ses cuisses.

— Sale type! souffla-t-elle. Je vais t'en faire baver, moi! Et si un jour tu me trompes, je te transformerai en crapaud!

— Arrête… Transformer son époux en crapaud est une cause de divorce. Tout le monde sait ça !

Ils s'étreignirent. Il lui murmura à l'oreille :

— C'est vrai, Marie ? Je ne rêve pas ? Tu veux devenir ma femme ?

Pour toute réponse, elle ondula sur lui. Ils se mirent à bouger doucement. Elle se mordit les lèvres quand il la pénétra.

— Est-ce que ça répond à ta question ? gémit-elle.

— Tout à fait…

CHAPITRE XI

René Mathy savait que tout le monde dormait à l'intérieur de la maison. Le Maître le savait. Il pouvait voir, deviner à travers les portes et les murs. Il captait les émanations de Robert Matthieu et de la petite. Jennifer...

L'être avait appris son nom en « écoutant » la conversation de Matthieu avec son visiteur. Il avait compris que le temps pressait, que l'étau se resserrait sur son complémentaire. Il fallait qu'il possède Jennifer, qu'il achève sa mue... Il aurait du plaisir grâce à son corps... Et sa chair, son fluide le sublimeraient. Ensuite... Peu importait que l'René soit abattu. D'ailleurs il serait probablement mort avant qu'on le retrouve. S'affranchissant de son enveloppe charnelle, l'être le tuerait.

Et ce serait très bien ainsi.

Une cloche égrenna quatre coups. La nuit était sombre et le tonnerre grondait au loin, par-derrière les collines. René Mathy se releva lentement. Sa jambe raide le faisait souffrir à cause de sa longue posture immobile. Mais le Maître effaça ce désagrément bénin et le remplaça par une souplesse et une vigueur nouvelles. Mathy fit longuement jouer son genou, sa cheville. Il sentait son sang battre à l'intérieur de ses artères. Il était jeune, plein de sève. Il devait cette bénédiction au Maître. Il remerciait le Maître. Mais pourquoi avait-il *peur* de ce que désirait le Maître? Si seulement la douleur qui lui taraudait la cervelle pouvait s'atténuer... Si seulement il parvenait à débarrasser ses pensées du pâté de foie qui les engluait. Si seulement il pouvait comprendre ce qui lui arrivait.

René Mathy ne comprenait pas. Il obéissait.

Il traversa la rue à pas de loup, se tapit dans l'ombre du mur de la maison de Matthieu. Il leva la tête, sourit en voyant le volet entrouvert. Un peu plus tôt, il y avait eu de la lumière. Il avait deviné la silhouette de Robert Matthieu. Il savait que Jennifer, la petite, reposait derrière cette fenêtre ouverte. Robert Matthieu la lui avait offerte... *Offerte au Maître*.

René Mathy attendit de longues minutes. Au loin, le ronronnement d'un moteur se fit entendre et il redouta qu'on le découvre. Mais non, le bruit décrut avant de s'éloigner de l'autre côté du bourg.

Mathy recula jusqu'au milieu de la rue, les yeux rivés sur la fenêtre... ·

Il y avait un étage. Mais ça ne comptait pas pour *le Maître*...

René Mathy se mit à courir à grandes foulées souples, prenant son élan. Il bondit. Un bond prodigieux, qui dépassait les possibilités physiques humaines. Un bond que n'aurait pu accomplir le plus grand des champions olympiques. Un bond qui l'amena silencieusement sur le rebord de la fenêtre, où il se jucha tel un chat en chasse.

Tel un fauve...

Jennifer faisait un cauchemar. Elle savait qu'elle rêvait. Quelque chose lui criait qu'elle était en train de dormir, qu'il fallait qu'elle se réveille, mais elle ne pouvait pas. Elle reposait dans son lit froissé, chez son papy, et nul ne pouvait lui faire du mal. Mais elle voyait des cadavres, elle percevait l'approche du monstre et tout son être se tendait vers un seul but : fuir, fuir très vite, très loin, retrouver maman, retrouver la vraie vie, celle où les vampires ne sévissent qu'à la télé. Mais elle était paralysée. Ses jambes ne voulaient pas lui obéir, une faiblesse mortelle l'habitait. Elle se mit à gémir et pleurer dans son sommeil et, brusquement, elle songea à *appeler* Marie à son secours.

Tout se déchira à l'instant où elle ouvrit la bouche. Elle s'éveilla.

Le monstre était là, devant elle, en chair et en os.

Ce n'était pas vraiment un monstre. C'était un homme, petit et laid, avec une mâchoire qui avançait, un nez tordu et de longs cheveux filasse collés à son front bosselé par la transpiration. Jennifer le reconnaissait malgré la pénombre qui régnait dans sa chambre. C'était l'homme qu'elle avait vu dans la forêt. C'était celui qui avait tué Tambour, qui avait tué les chiens et les chats du village, qui avait tué la lapine. Celui qui avait tué la fille et le garçon, et maintenant, c'était *elle* qu'il allait tuer, il tendait déjà ses mains, ses ongles étaient pareils à des griffes et ses yeux étaient ceux du diable...

Jennifer essaya de crier, mais seule une faible plainte, pareille à un vagissement, franchit ses lèvres. Elle assistait, incrédule à son inexplicable faiblesse. Elle emplit ses poumons, tendit tous ses muscles...

Les mains de René Mathy se refermèrent sur elle, la paralysant et la bâillonnant. Elle sentit l'odeur écœurante de sueur aigre, de crasse. Elle sentit l'odeur de la peur, de la fièvre, de la maladie. Le monstre la plaquait contre lui, presque amoureusement, elle eut conscience qu'elle était nue. Alors seulement, elle parvint à ruer, à se débattre. Elle referma ses dents sur la main qui pesait sur sa bouche, du sang gicla. Le monstre gémit, mais ne relâcha pas son étreinte, au contraire. Il l'enlaça et Jennifer, terrorisée, devina chez lui quelque chose de trouble qui ajouta à son épouvante. Elle se débattit comme une folle.

Le monstre la serra si fort qu'elle n'arriva plus à respirer. Elle s'amollit, eut conscience qu'il l'emmenait vers la fenêtre. La main sur sa bouche s'écarta une seconde et elle cracha le sang et la salive qui l'étouffaient.

Jennifer perdit connaissance en réalisant que le monstre se jetait dans le vide et qu'il l'emportait avec lui.

Au rez-de-chaussée, ni Ric ni Lord, tremblants de terreur, n'avaient aboyé.

René Mathy se reçut souplement sur le sol et, tenant Jennifer plaquée contre lui, se rejeta vivement dans l'ombre. Il haletait et frissonnait. Il ne s'était pas attendu à découvrir la petite *nue* et le trouble qui l'agitait était intense. Si intense que, pendant un instant, il parvint à dompter son mal de crâne, à repousser l'emprise du Maître pour savourer un sentiment tout simple : la tendresse. L'espace et le temps s'abolirent et René Mathy aima cette petite fille avec la pureté naïve d'un père.

Mais ce sentiment fut aussitôt balayé par les ordres du Maître. Mathy geignit, ses tempes transpercées par un fer rouge. Son regard redevint fixe, dur...

Mathy regarda tout autour de lui. Il n'était pas question qu'il emmène Jennifer avec lui sur son vélo ! Un vieux bonhomme, en pleine nuit, avec une fillette nue, il n'irait pas loin. Mais Mathy n'avait pas besoin de regagner la forêt du Beau-Cry pour accomplir les volontés du Maître. Les bois ne manquaient pas, aux alentours du bourg. Les taillis, l'obscurité... La retraite où le Maître achèverait tranquillement...

Les pensées de Mathy se brouillèrent. Sans faire de bruit, l'ivrogne s'éloigna de la maison de Robert Matthieu, tenant la proie du Maître dans ses bras.

***

L'adjudant Morizot ne parvenait pas à dormir. Il se tournait et se retournait dans son lit, au grand dam de sa corpulente épouse, et devait accomplir des efforts surhumains pour ne pas allumer une Gauloise. Il revoyait les corps suppliciés de Nicole Terrier et du nommé Jean-Jacques Deschamps, un apprenti plombier de la ville voisine. Et il avait aux oreilles les paroles de Jennifer. « Il lui manque une dent de devant... »

Interroger les dentistes ! Il en avait de bonnes, le père Matthieu ! C'était des méthodes de commissaire de police, ça ! Des méthodes de flic qui a tout son temps pour enquêter. Lui, il était gendarme. Et il n'avait pas le temps, nom de Dieu ! Et qu'est-ce qui prouvait que l'assassin avait consulté un dentiste ? Et si l'Élodie Leclerc avait inventé tout ça ? Et si...

L'horloge de la salle à manger sonna cinq coups. Brusquement, l'adjudant Morizot n'y tint plus. Il se leva, étouffant un soupir rageur.

— Où tu vas ? gémit son épouse d'une voix ensommeillée.

— T'occupe pas. Dors !

Morizot enfila à la hâte sa robe de chambre et descendit quatre à quatre jusque dans les bureaux de la gendarmerie. Le gendarme Bellecour, de faction, papillonna des yeux en le voyant et essaya de se redresser sur le siège où il était avachi, à demi vaincu par le sommeil. Morizot ne fit pas attention à lui. Il décrocha le téléphone, composa fébrilement le numéro du café.

Morizot compta neuf sonneries avant qu'on décroche et qu'une voix mourante, mais furieuse, grogne un :

— 'lô ouais ?

Instinctivement, Morizot se raidit, comme s'il se trouvait en face de Georges Leclerc en personne. L'agent Bellecour ne le quittait pas des yeux.

— Monsieur Leclerc, ici l'adjudant Morizot, dit le gendarme. Excusez-moi de vous déranger à cette heure, mais c'est important... C'est à propos de l'enquête.

Il y eut un silence, puis la voix de Georges Leclerc, tout à fait éveillée :

— Je vous écoute.

— Voilà... Monsieur Leclerc, est-ce que votre fille Élodie vous aurait parlé d'une dent humaine qu'elle aurait trouvée non loin de l'endroit où son chat a été dévoré ? Réfléchissez bien... Prenez votre temps.

— Si Élodie... Mais oui, elle m'en a parlé... Elle me l'a même montrée, cette dent, et... Nom de Dieu !

Leclerc avait crié au téléphone. Morizot sentit tous les

poils de son corps se hérisser et il serra si fort le combiné que ses doigts blanchirent.

— Qu'est-ce qu'il y a, Leclerc ? gronda-t-il. A quoi venez-vous de penser ?

Le souffle du cafetier était court, précipité.

— Bordel ! jura Leclerc. J'y ai même pas fait attention !

— A quoi ? Parlez, bon sang !

— L'aut'jour, dans mon bistrot, il y avait le René Mathy, vous savez, l'employé de Paul Terrier... Il était soûl comme une bourrique...

— Et alors ? hurla Morizot.

— Un moment, il a ouvert sa grande gueule, eh ben il lui manquait une dent de devant ! Je l'ai bien vu et...

Morizot ne sut jamais la suite. Il avait déjà raccroché et se précipitait vers l'escalier. Il cria au gendarme Bellecour :

— Démarrez l'Estafette ! Je me mets en tenue et on file chez René Mathy, à la Croisée du Bois !

— Il n'y a personne, dit Bellecour.

Morizot ne répliqua pas. Évidemment qu'il n'y avait personne dans la bicoque de René Mathy ! Il n'avait pas besoin de pénétrer à l'intérieur pour le savoir. Néanmoins, enfonçant son képi sur son crâne, il poussa la vieille porte écaillée que Mathy avait laissée entrouverte.

— Chef... c'est pas légal, murmura Bellecour, habitué qu'il était à potasser le code pénal.

Morizot ne répliqua pas. Légal ou pas, la porte n'était pas fermée et il comptait en avoir le cœur net en visitant cette masure !

Il l'eut très vite. Il n'y avait rien qu'un ramassis de pouilleries et de litrons, vides ou pleins. Rien de suspect, en tout cas. Les deux gendarmes ressortirent.

— Qu'est-ce qu'on fait, chef ? demanda Bellecour.

Morizot lui fit signe de se taire. Il réfléchissait de toutes ses forces, les poings serrés. Où était René Mathy ? Son lit défait était froid, signe qu'il n'y avait pas dormi. Depuis quand avait-il fichu le camp ? Qu'est-ce qu'il était en train de faire ?

— On rentre à la brigade.

Les deux gendarmes remontèrent dans l'Estafette. Bellecour démarra. Morizot eut un regard pour la ferme Terrier, au bout des mâtures et des maïs... Pauvre Paul Terrier... Et sa femme... Et Nicole... Une délurée qui cavalait pas mal, mais au fond une brave fille sans histoire. Qui ce monstre de René Mathy projetait-il de tuer, en ce moment ?

Brusquement, Morizot frappa du poing sur le tableau de bord.

— Plus vite ! brailla-t-il. Écrasez-moi ce champignon !

Effaré, Bellecour accéléra si brutalement que l'Estafette fit une embardée. Le véhicule traversa le village à toute allure, stoppa devant la gendarmerie. Morizot en bondit avant même qu'il ne soit arrêté. A nouveau, il se précipita sur le téléphone. Il composa le numéro de Robert Matthieu.

Il attendit, tapotant du bout des doigts sur son bureau. Deux sonneries... cinq... sept...

— Allô ?

Morizot inspira un grand coup et lâcha, bégayant presque :

— Monsieur le commissaire, c'est René Mathy, l'employé des Terrier, l'assassin ! Il n'est pas chez lui. Méfiez-vous, il sait que Jennifer l'a vu. Je préviens mes collègues de chez vous et j'arrive !

*
**

Marie se dressa en sursaut, dans le lit dévasté. Un étau lui serrait les tempes, son cœur lui manqua. Elle demeura un instant à se demander si elle avait fait un cauchemar, si elle était encore en train de rêver.

La voix de Jennifer résonnait dans sa tête, véhémente, hystérique. La petite *appelait* au secours. Elle ne parlait pas de façon cohérente, mais des images dansèrent devant les yeux de Marie. Le... *le Mal* l'emportait en son domaine. Il allait s'accomplir grâce à elle. Il allait la souiller, assouvir ses instincts, puis la tuer. Puis...

Marie secoua Philippe endormi, sans douceur. Le médecin s'éveilla.

— Qu'y... a-t-il? murmura-t-il, dans sa moustache, tout ensommeillé.

— Philippe, c'est Jennifer! répondit Marie, la voix blanche.

« Elle... elle m'appelle. Il est en train de se passer quelque chose... d'horrible ! »

Complètement réveillé, Philippe se redressa à son tour, alluma sa lampe de chevet. Il regarda Marie, clignant des yeux.

— Tu es sûre?

Marie était blême, sa bouche tremblait.

— Appelle Robert Matthieu, dit-elle, véhémente. Il faut qu'il surveille Jennifer, qu'il la protège. Je...

Elle bondit du lit, empoigna ses vêtements.

— Qu'est-ce que tu fais? bredouilla Philippe.

— Appelle Matthieu! répéta Marie, hurlant presque. On va chez lui!

Effaré, Philippe se pencha, saisit le téléphone posé sur sa table de nuit. Il pianota sur les touches, fronça les sourcils.

— Ça sonne occupé, maugréa-t-il.

Il jeta un coup d'œil à sa montre.

— A cette heure...

Marie reparut, sa chemise ouverte, bouclant la ceinture de son pantalon. Absurdement, il remarqua qu'elle n'avait pas mis de soutien-gorge. Il se leva à son tour.

— Dépêche-toi! gémit Marie. Chaque seconde compte!

*
**

Robert Matthieu reposa le combiné. Il rata le socle, ne s'en aperçut même pas. Il avait l'impression que son cœur s'était changé en un bloc de glace et, l'espace d'un instant, il se demanda s'il n'allait pas faire une attaque. Mais sa faiblesse le quitta comme elle l'avait saisi. Il poussa un grognement inarticulé et, en pyjama, se précipita dans l'escalier en direction de la chambre de Jennifer.

Il ouvrit la porte en coup de vent et resta cloué dans l'embrasure, regardant fixement le lit défait, les draps chiffonnés, la place *vide* de sa petite-fille... et la fenêtre grande ouverte. Le rideau bougeait doucement dans le vent, et le volet était repoussé contre le mur...

Ce qui empêcha Robert Matthieu de s'effondrer, ce fut l'habitude. L'habitude des coups durs, acquise en quarante années de vie de flic. L'habitude du crime, de la violence, du chagrin et de la colère.

L'habitude des coups tordus, et celui-là, c'était le pire qu'il eût reçu de toute sa carrière!

Robert Matthieu ne se mit pas à gémir, à appeler Jennifer, à la supplier de revenir, à prier que ça ne soit qu'un mauvais rêve. Il alluma toutes les lumières, traversa la chambre et se pencha précautionneusement sur la fenêtre. Il releva des traces boueuses sur la pierre claire, à peine marquées, mais qu'il identifia sans peine : des semelles de bottes. Il regarda dans la rue. Impossible... On n'avait pas pu sauter. On avait dû utiliser une échelle. Mais il n'en voyait pas le long de son mur... Et pourquoi Ric et Lord n'avaient-ils pas aboyé?

– Putains de chiens de chasse! gronda Robert.

Ce furent ses seules paroles trahissant sa détresse. Échelle ou pas échelle, aboiements ou pas aboiements, un fait était patent : on avait enlevé Jennifer!

Robert considéra le lit, la commode, les chaises, comme si ce décor familier pouvait l'aider à résoudre son problème. Il vit le slip rouge que Jennifer avait enlevé en se couchant nue à cause de la chaleur. Il fronça les sourcils...

Rapidement, Robert alla fouiller dans les affaires de sa petite-fille. Dans la commode, tout était rangé. Rien n'avait été pris, ni sous-vêtements, ni tee-shirt, ni short...

Robert Matthieu pinça les lèvres. Jennifer était toujours *nue!* Cela impliquait que le ravisseur ne pouvait aller loin. On ne balade pas avec une fillette de onze ans à poil sans se faire repérer!

« On »... Robert Matthieu ne parvenait pas à remplacer ce pronom par un nom. Le nom de René Mathy. Il connaissait cet ivrogne. Ce n'était pas un kidnappeur, encore moins un assassin. Juste un vieux con ronchon et crasseux. Quelle mouche l'avait piqué?

Matthieu ne se laissa pas aller à cette inutile spéculation. Il se mit à inspecter méthodiquement la chambre. Il ne tarda pas à trouver une petite tache de sang. Il l'examina longuement, agenouillé sur le plancher. Le sang de Jennifer ou celui de son ravisseur?

Robert se releva. Pendant quelques instants, il resta figé, le regard granitique, ses cheveux blancs en bataille, les yeux rivés sur cette minuscule tache.

Brusquement, il se détourna, sortit de la chambre de Jennifer. Morizot allait arriver, ses collègues locaux aussi. Ils allaient l'interroger, examiner la chambre, les abords de la maison, le jardin... Il n'avait pas le temps de les attendre. Si Jennifer était encore en vie — le vieux cœur de Robert rata un battement —, chaque seconde comptait.

Robert enfila à la hâte ses vêtements de chasse, ses bottes, alla vers son téléphone. Il jura en s'apercevant qu'il l'avait mal raccroché, reposa le combiné. A l'instant, la sonnerie retentit. Il décrocha.

— Qu'est-ce qui est arrivé à Jennifer? hurla une voix qu'il reconnut : celle de Marie de Roche-Lalheue.

Abasourdi, Robert resta sans voix.

— Répondez! cria la jeune femme. Je vous en supplie!

— Elle... elle a été enlevée, répondit Robert.

Un cri lui vrilla les oreilles. Il y eut du bruit au bout du fil, puis la voix de Philippe Lacour :

— Matthieu, ça fait un moment qu'on essaie de vous appeler, mais votre téléphone sonnait occupé... Marie a pressenti que...

— Philippe, le coupa calmement Robert, écoutez-moi attentivement. Nous savons qui est l'assassin. C'est René Mathy, l'ouvrier de Paul Terrier...

— Mathy! Mais...

— Cette nuit, il a enlevé Jennifer... Philippe, il me faut votre saint-hubert. Je veux pister Mathy et lui faire son affaire avant (sa voix flotta)... avant qu'il ne tue Jennifer. Pour ça, votre courant est meilleur que Ric et Lord.

Lacour ne marqua même pas une hésitation.

— J'arrive, dit-il. Je vous accompagne, Démosthène ne vous obéira pas aussi bien qu'à moi. Avez-vous une trace de sang?

— Oui.

— Bon... Nous sommes chez vous dans cinq minutes!

Robert Matthieu voulut protester. « Nous »... Pourquoi « nous »? Marie prétendait-elle venir avec eux? Mais Philippe avait déjà raccroché. Robert en fit autant. Il n'avait pas le temps d'entamer une dispute. Si cette fille voulait se donner des émotions en jouant les traqueuses, grand bien lui fasse! Il n'allait pas se préoccuper d'elle!

Robert alla ouvrir son armoire à fusils, regarda ses armes. Il y avait là son habituel Verney-Caron superposé. Il y avait aussi un vieux Manufrance juxtaposé calibre 16, une carabine autrichienne Mannlicher 7 × 64, avec une lunette Zeiss, arme de haute précision avec laquelle il tirait le chevreuil, le sanglier et, à l'occasion, le cerf ou le chamois. Il y avait aussi un fusil à pompe. Il ne se servait jamais de cette arme, qu'il trouvait folklorique et imprécise, juste bonne à faire les beaux jours des flics de feuilletons américains à la télé! Ce fut pourtant ce fusil qu'il saisit et amena devant ses yeux. Il manœuvra la culasse pour en vérifier la propreté. Il eut un sourire bref, féroce, et introduisit cinq cartouches 9 grains dans le magasin. Il en enfourna une vingtaine d'autres dans ses poches.

Puis il sortit dans son jardin, siffla Ric et Lord. Il entendit le bruit de moteur du Range de Philippe Lacour.

Il avait fait fissa, le toubib!

⁂

— Jolie..., murmura René Mathy. Jolie...

Il se trouvait en haut d'une vigne, en bordure de la forêt. La petite reposait dans ses bras, tiède, molle et douce. Il regarda derrière lui, en direction du bourg. Les maisons étaient encore plongées dans l'obscurité, même si le soleil se levait au-dessus de la Bresse, annonçant une belle journée. L'orage s'était éloigné durant la nuit.

Mathy déposa doucement Jennifer sur la pierraille sèche, entre deux rangs de vigne. Il l'allongea sur le dos, les bras le long du corps et, immobile, la regarda. Elle était si belle, si fragile, si nue. René Mathy s'attarda sur la fente qui s'ouvrait au bas de son ventre glabre. Il attendait que le désir s'éveille en lui. Mais le désir ne s'éveillait pas. Il ressentait plutôt un profond sentiment de tendresse, d'admiration.

— Jolie..., murmura-t-il à nouveau.

L'être était furieux contre son complémentaire. Il ne comprenait pas ce qui arrivait au René. Il devinait en lui une sourde résistance, une hostilité à ses ordres. Certes, ce n'était pas grave, Mathy ne pouvait se révolter, mais l'être ne tolérait pas qu'un stupide humain retarde l'instant délicieux de son accomplissement... et le prive de son plaisir.

Deux fois déjà, l'être avait ordonné au René de s'assouvir sur la petite, comme il l'avait fait dans la forêt, avec l'autre proie. Les deux fois, l'René avait été près de lui céder. Mais, les deux fois, quelque chose l'avait retenu. Quelque chose qui échappait à l'entendement de l'être, mais que l'être devinait lié à la nature même de la petite, à sa fragilité, à ce que Mathy interprétait, il le lisait en lui, comme sa beauté d'enfant, son innocence. Ridicule!

— Prends-la! ordonna l'être.

— Jolie..., bredouilla l'René.

Avec férocité, l'être imprima son empreinte dans la cervelle de son complémentaire. L'René hurla de souffrance et secoua la tête pour tenter d'atténuer la vrille qui le perçait d'une oreille à l'autre.

Maladroitement, René Mathy se baissa, reprit Jennifer dans ses bras, la serrant fort contre lui. Il se mit à courir. Les jambes nues de la fillette ballottaient contre sa hanche.

Mathy plaqua une bise gluante sur la joue chaude de l'enfant. Il ne se rendit pas compte qu'il pleurait.

Il se hâta en direction des taillis qui poussaient à flanc de colline, sur les hauteurs du bourg, au-delà des vignes.

CHAPITRE XII

Démosthène était un énorme molosse noir et feu, aux longues oreilles pendantes, à la face disparaissant sous les plis de peau. Un saint-hubert était assez mal adapté à la petite chasse en milieu très boisé, mais Robert Matthieu connaissait l'animal. Teigneux, mauvais avec les autres chiens, cabochard, il n'avait pas son pareil, une fois sur le pied d'un chevreuil ou d'un sanglier. Rien ne pouvait le faire renoncer à sa proie, sauf les coups de trompe de rappel de son maître. Quand Robert le vit descendre du Range-Rover, tenu en laisse par Marie — étonnant tout de même, cette jeune femme qui avait apprivoisé ce fauve ! — il ressentit un brusque espoir. Avec ce chien et les deux siens, il ne POUVAIT pas ne pas retrouver Jennifer.

Philippe marcha droit vers lui. Il était livide.

— Matthieu..., commença-t-il.

— Plus tard, le coupa Robert. Venez !

Il précéda Philippe, Marie et Démosthène — tout étonné de se voir admettre à l'intérieur d'une maison, lui qui vivait en chenil — jusque dans la chambre de Jennifer et montra au chien la trace de sang. Démosthène la flaira et poussa un sourd gémissement. Il renifla le plancher, l'air indécis.

— L'odeur d'encaustique le gêne, dit Philippe.

Pourtant, le chien fit un bond vers la fenêtre ouverte. Il s'y percha, regarda dans la rue et poussa un long aboiement éraillé.

— C'est incroyable, souffla Robert Matthieu. Ce fou a bien sauté ! Allons en bas !

Ils redescendirent et coururent se poster dans la rue, sous la fenêtre. Démosthène huma le sol de longues secondes. Puis, aboyant à nouveau, il se précipita en direction de la haie qui faisait suite au mur du jardin. Robert Matthieu, Philippe et Marie le suivirent. Démosthène aboya deux fois. Il sautait sur place, remuant son fouet comme un possédé.

— Un vélo ! s'écria Philippe en montrant l'engin que reniflait avec véhémence le limier.

— C'est celui de Mathy, répliqua Robert. Je l'ai déjà vu dessus.

— Mais alors...

— Il est parti à pied avec Jennifer !

Marie leva la main en direction des collines et des bois.

— Ils sont là-haut, dit-elle.

Robert la dévisagea. Elle ne détourna pas le regard.

— Comment pouvez-vous en être sûre ? demanda l'ancien policier.

— C'est le lieu que l'être a choisi pour le sacrifice.

Robert serra ses poings. Mais, en lui, montait l'irrépressible désir de croire cette femme, cette illuminée, ce... médium. Il devait se raccrocher à quelque chose. Tout son sens du rationnel ne pouvait lui expliquer les raisons de ces drames. Alors... Pourquoi ne pas admettre l'irrationnel et faire confiance à Marie ?

— En es-tu certaine ? demanda Philippe.

— Si vous ne me croyez pas, vous croirez Démosthène. Regardez !

Philippe et Robert observèrent le chien de sang. Démosthène revenait sur ses pas, en direction de la maison. Ils le suivirent. Il reniflait le sol. Arrivé sous la fenêtre, il se mit à tourner en rond, poussant de petits gémissements. Ric et Lord, que Robert Matthieu avait laissés pour l'instant dans le jardin, gémissaient également, derrière le portail.

— Il s'est rendu compte qu'il était parti à contre-pied, murmura Philippe. Ça ne va plus être long...

En effet, au bout d'une minute, le saint-hubert releva la tête. Secouant ses grandes oreilles, il poussa un long coup de gueule et démarra en direction de la friche qui s'étendait derrière le mur du jardin. Philippe le rappela aussitôt.

— Il ne faut pas qu'il file, sinon on ne le rattrapera pas.

— Allons-y, dit Marie.

— Un instant!

Robert avait levé la main.

— Pourquoi voulez-vous venir, mademoiselle? demanda le vieil homme. Ce peut être dangereux...

— Ce SERA dangereux, répliqua sèchement Marie. Et c'est bien pour ça qu'il faut que je vienne. Vous ne vous en rendez pas compte, mais vous ne pouvez RIEN contre l'être qui a enlevé Jennifer. Moi seule peux lutter contre lui!

Matthieu ne répliqua pas. Il alla délivrer Ric et Lord, que Démosthène salua en leur montrant les dents, pendant que Philippe prenait son fusil dans son Range-Rover.

— Paix! gronda Marie, et le saint-hubert se calma.

Philippe chargeait son arme. Robert reconnut la carabine express Merkel du médecin. Il pinça les lèvres. Lacour y mettait aussi le paquet.

Sans rien ajouter, à la suite de Démosthène, de Ric et de Lord, Robert, Philippe et Marie se mirent en marche en direction des collines.

Ils n'étaient pas partis depuis deux minutes que la 4L des gendarmes du bourg s'arrêtait devant la maison. Le brigadier Fenouil eut tôt fait de comprendre, après avoir vainement sonné au portail. Il montra les hauteurs.

— Ce sacré vieux flic va s'en occuper lui-même! grommela-t-il.

— Et nous? demanda un des hommes.

Le brigadier hésita. Il haussa les épaules, prenant sa décision :

— On y va aussi!

*
**

Jennifer tremblait de froid et de terreur. Ça faisait un petit moment qu'elle avait repris connaissance, mais elle n'avait pas ouvert les yeux. Elle faisait le mort, comme si cette attitude pouvait la protéger du monstre qui l'avait enlevée. Car Jennifer savait… Elle savait qu'elle ne se trouvait plus chez son papy, dans son lit. Elle reposait sur quelque chose de rugueux, elle était recroquevillée sur elle-même, et elle entendait le souffle irrégulier et précipité du monstre.

Le monstre ! Quand elle était petite, maman lui racontait des histoires auxquelles elle faisait semblant de croire, juste pour ressentir le délicieux frisson de l'épouvante simulée. A présent elle savait que les monstres existaient bel et bien, qu'ils n'avaient pas le corps recouvert de pustules, avec des crochets à venin et des tentacules, mais l'aspect anodin d'un vieux bonhomme boiteux.

Un bonhomme boiteux… Elle ne s'était pas souvenue de ce détail, quand elle avait parlé au gendarme, A présent, elle se souvenait. Elle se souvenait de tout. De tout…

Il fallait ouvrir les yeux. Elle ne pouvait continuer à se réfugier dans le noir. Le monstre était là… Il la fascinait malgré sa volonté de refuser son existence, de faire que tout ça soit la suite de son cauchemar.

Jennifer entrouvrit les yeux. Elle vit d'abord les bottes, puis le bas du pantalon souillé de boue, puis la chemise, la veste râpée… Tout ce qu'elle avait vu dans la forêt.

Elle vit le visage du monstre. Ce visage de paysan avec un menton en galoche, des cheveux longs et grisâtres, des yeux jaunes perçants braqués sur elle, une bouche qui tremblait, deux filets de bave au coin des lèvres, la dent qui manquait…

Jennifer hurla. Pourtant ce ne fut pas un hurlement de terreur. Plutôt d'indignation.

Elle venait de se rendre compte qu'elle était toute nue et que le monstre regardait ce que maman appelait sa « founette » !

*
**

Jamais, même à l'époque de sa jeunesse, Robert Matthieu n'avait avancé si vite derrière un chien de chasse ! Il lui semblait pourtant qu'il se traînait, qu'il était incapable de mettre un pied devant l'autre. Quand il arriva à l'orée de la forêt qui couronnait la colline, il était en nage et il avait du mal à respirer. Philippe Lacour dut le retenir par la manche.

— Reposez-vous une seconde, dit le médecin. Vous n'en pouvez plus !

— Non..., haleta Robert Matthieu. Il faut...

— Ça ne servirait à rien que vous vous payiez un infarctus ! De toute façon vous tremblez tellement que vous seriez incapable de viser Mathy si vous l'aviez devant vous !

Robert montra son riot-gun.

— Avec ça... pas besoin... de viser !

Philippe eut un hochement de tête. Il regarda Marie, qui se tenait immobile, les yeux fixés sur l'orée de la forêt.

— Il ne lui fait pas de mal, dit-elle. J'agis sur lui ! Je le retiens !

Robert Matthieu ouvrit des yeux ébahis. Marie était statufiée, et les deux hommes purent voir ses lèvres qui remuaient imperceptiblement, comme si elle priait.

Philippe siffla Démosthène, qui revint aux pieds. Le saint-hubert était nerveux, frémissant. Ric et Lord eux-mêmes, bien que n'étant pas des chiens courants, manifestaient de l'excitation.

— La piste est fraîche, observa le médecin. On sera bientôt sur lui...

Il montra la forêt.

— Est-ce que tu vois où il est, Marie ? demanda-t-il.

Et Robert ouvrit à nouveau de grands yeux.

— Non, répondit la jeune femme. Mais il est tout proche.

— Le massif boisé fait plus de quinze cents hectares. Il a le choix !

Robert Matthieu avait repris son souffle.

— Raisonnons logiquement, dit-il. Il y a des affouages un peu partout. Mathy n'a pas sa liberté de mouvement. Je ne le vois pas aller dans la direction d'une coupe de bois, où il peut rencontrer des bûcherons, avec Jennifer... nue. De plus il ne connaît pas cette forêt comme celle du Beau-Cry. A mon avis, il aura cherché un abri aussitôt sous le couvert.

Philippe écoutait son ami, étonné que Robert puisse raisonner avec cette logique policière, après le choc qu'il avait subi. Ils écoutèrent un instant le ronronnement rageur des tronçonneuses qui démarraient, dans le calme du petit matin.

— Pour l'instant, Jennifer ne risque pas grand-chose, dit alors Marie.

— Pourquoi? demanda Robert Matthieu.

— Écoutez, monsieur Matthieu... C'est difficile à admettre, mais cet homme ne veut pas tuer Jennifer. S'il l'avait voulu..., pardonnez-moi, mais nous aurions déjà trouvé le corps. En fait, Jennifer est protégée par son enfance, sa fragilité et... sa nudité.

Les deux hommes écoutaient attentivement la jeune femme.

— Je ressens les ondes mentales qu'émet Mathy. Il est... émerveillé et n'a aucun désir pervers. J'agis télépathiquement sur lui et je renforce ce sentiment... Mais il y a... *celui* qui possède Mathy. Lui veut la mort de Jennifer, comme il a voulu la mort de ces deux jeunes gens, et celle de tous ces animaux. Il est puissant et j'ai du mal à lutter contre lui. S'il me vainc, alors tout est à craindre.

Philippe avait détourné le visage. Robert serrait ses poings sur son riot-gun.

— Allons-y! dit-il brusquement, en faisant un geste impératif aux chiens.

Démosthène s'enfonça dans les fourrés, Ric et Lord derrière lui. Robert et Philippe les suivirent, ôtant la sécurité de leurs armes. Marie demeura un instant concentrée, écoutant ce qu'elle seule pouvait entendre. Puis elle plongea à son tour dans les broussailles.

*
**

L'adjudant Morizot arriva à la gendarmerie du bourg à l'instant où ses collègues, en treillis — l'un d'eux tenant en laisse un chien-loup muselé —, montaient dans leurs véhicules. Il n'avait rien à faire ici, loin du territoire de sa brigade. Mais le brigadier Fenouil, qui le connaissait bien, se contenta de lui serrer la main et de lui dire :

— Content de t'avoir avec nous.

— Où sont-ils ? demanda Morizot.

Fenouil montra les collines, la forêt.

— Quelque part là-dedans !

*
**

L'être se réjouissait de la terreur qu'il devinait chez Jennifer. La terreur était un sentiment fort, violent, comme il les aimait depuis qu'il s'était ouvert à la conscience via les propres sentiments de son complémentaire. Il se réjouissait également du désir qui montait en lui, le savourait, le laissait volontairement grandir, se développer, devenir tension. Quand ce désir serait à son paroxysme, il déborderait dans l'esprit et la chair du René qui, alors, s'assouvirait, ce qui procurerait, à lui, l'être, cette infinie jouissance dont il avait si soif.

Puis, tandis qu'il jouirait de la jeune proie, l'René lui ouvrirait la gorge, dévorerait son cœur, boirait son sang, et le fluide vital déferlerait en lui, et…

Une barrière inattendue bouscula brutalement l'être, le faisant reculer et lui infligeant une souffrance intolérable, bien différente de celle, délicieuse, du désir. Ce fut si étrange que l'être mit un instant avant de réaliser que c'était son complémentaire qui s'élevait mentalement contre sa volonté, mais qu'il était puissament aidé par une force extérieure. Cette force qu'il avait déjà plus ou moins perçue, mais à laquelle son intelligence rudimentaire ne s'était pas attachée. L'être comprit qu'il avait commis une terrible erreur. C'était contre cette force qu'il aurait dû lancer l'René… Mais il était trop impatient de s'accomplir grâce à Jennifer.

Haineux, l'être fouailla le cerveau du René, y imprimant toute sa hargne, toute sa haine, tout son désir. L'René se tendit comme un arc et tomba sur le sol en se tordant, les poings serrés sur les tempes.

– Souffre! hurla l'être. Souffre à en crever et obéis-moi! Prends cette créature... Entre en elle... Livre-la-moi!

Jennifer regarda avec des yeux incrédules le bonhomme qui se roulait à ses pieds, sur la mousse, en se martelant le front et en gémissant comme un nouveau-né. Elle n'y comprenait plus rien! Elle avait senti intuitivement chez ce vieux type, une sorte de gentillesse fruste qui lui avait rendu espoir. Elle avait même eu envie de lui demander de la ramener chez papy. S'il ne lui faisait pas de mal, papy lui pardonnerait qu'il l'ait enlevée toute nue...

Jennifer se dressa. Elle n'y comprenait rien, mais elle se rendait compte que c'était sa chance.

Elle bondit comme une gazelle et, malgré sa nudité et la fragilité de sa peau, elle s'enfonça dans les fourrés. Elle gémit, ses hanches griffées par les ronces, la plante de ses pieds meurtris par des cailloux traîtres.

Elle entendit derrière elle le cri du monstre. Elle ne se retourna pas. C'était exactement comme dans son cauchemar. Sauf que cette fois, elle pouvait courir!

L'être ne s'était pas attendu à cette réaction de fuite. Sa colère redoubla et il ordonna avec une haine démente à son complémentaire de lui obéir, balayant ses velléités de révolte.

René Mathy se releva, hagard, sa cervelle sur le point d'exploser. Les yeux fixes, ses lèvres retroussées comme celles d'une bête de proie, il se mit à courir sur les traces de Jennifer.

Il n'y avait plus en lui que la volonté de rattraper la fillette, de la posséder et de l'offrir au Maître. Une volonté qui le fit courir plus vite qu'il n'avait jamais couru. Il entrevit la peau claire de la petite, bondit par-dessus un taillis...

— Je ne le tiens plus, gémit Marie. Oh... Mon Dieu...

Elle s'était crue sur le point de triompher. Ses pensées avaient pénétré celles de René Mathy et s'étaient facilement imposées. D'autant que Mathy n'était pas un mauvais homme. Une victime, comme ceux qu'il avait tués. Il était sincèrement ému par Jennifer. Marie avait joué de ce sentiment, annihilant la volonté perverse du monstre qui possédait l'homme. Mais Marie n'avait pas prévu que Jennifer s'enfuie. Le sursaut de l'être avait été tel qu'elle avait dû lâcher prise...

Épouvantée, Marie comprit qu'il allait lui falloir lutter au corps à corps avec son implacable ennemi.

Comme l'été précédent, dans le vieux lavoir du château de Roche-Lalheue.

Elle regarda autour d'elle. Robert Matthieu et Philippe s'étaient quelque peu éloignés, tout à leur traque. Un instant, la peur faillit l'emporter. La lâche tentation de faire demi-tour, de redescendre dans la plaine, de courir chez Philippe, de ranger ses affaires et de sauter dans la Golf. De retourner chez elle...

Elle secoua la tête. Chez elle, c'était chez Philippe. C'était ici !

Elle se remit à courir.

— Démosthène, doucement ! cria Philippe.

Le saint-hubert galopait si vite que Robert et lui avaient du mal à ne pas le perdre de vue. Ric et Lord suivaient, plus lents, mais aussi précis sur la piste. De temps en temps, le limier poussait un coup de gueule. Il stoppait, revenait sur ses pas, repartait, le nez au sol.

Brusquement, il s'arrêta et, levant son mufle vers le ciel, il fit entendre l'aboiement éraillé du chien courant sur un pied. Robert Matthieu en eut la chair de poule. Ce hurlement était lugubre !

— Va ! cria Philippe. Va, mon chien !

Suivi de Ric et de Lord, donnant frénétiquement de la voix, le saint-hubert s'enfonça dans un fourré. Sans se concerter, Philippe et Robert contournèrent le couvert chacun de son côté.

Pestant entre ses dents contre les ronces qui le freinaient, Robert Matthieu écarta les branchages de sa main libre, l'autre protégeant le pontet de son arme. Il lui semblait qu'il allait s'effondrer, que ses jambes ne le portaient plus. La poitrine en feu, il appela :

— Jennifer !

Un aboiement lui répondit, qu'il reconnut. C'était la voix aiguë de Ric. Son setter avait un timbre plus profond, plus grave. Ric donnait rarement de la voix. Tremblant de terreur en songeant que ce jappement pourrait se muer en hurlement à la mort, Robert fonça dans le taillis, faisant d'immenses enjambées pour franchir les épineux.

Il déboucha dans une minuscule clairière, où l'herbe semblait avoir été foulée. Ric se tenait là, non pas à l'arrêt, mais immobile, son moignon de queue plaqué à son arrière-train, exactement comme le jour de l'ouverture aux canards.

— Tu la sens ? demanda Robert comme si son chien avait pu lui répondre.

Ric couina, se serra contre lui. Robert s'agenouilla, tâta l'herbe aplatie. Il ferma les yeux, se fit violence. S'il cédait au désespoir ou à la panique, Jennifer était perdue !

Des branches craquèrent. Il se retourna, levant son arme. C'était Philippe, la carabine braquée.

— Ils étaient là il y a quelques minutes, dit Matthieu.

Ils regardèrent les fourrés hostiles et sombres.

— Où est Marie ? demanda Philippe.

A ce moment, l'aboiement de Démosthène résonna, véhément et rauque. Malgré sa peur, Ric fonça en avant.

— Cette fois il a levé le gibier ! s'écria Lacour.

Les deux hommes plongèrent dans le taillis.

Démosthène avait peur. Une peur épouvantable, qui le faisait couiner entre deux aboiements. Peur de quelque chose que son intelligence animale ne comprenait pas. Une peur obscure. Une peur de brute.

Mais Démosthène, chien de saint-hubert, était avant tout un animal de proie et toute son hérédité lui commandait de passer outre cette peur, de traquer le gibier, de le forcer et de l'attaquer. Démosthène, à l'impressionnant pedigree, avait déjà été décousu trois fois par des sangliers, dont une fois jusqu'à l'intestin. Ses ardeurs n'en avaient pas été refroidies pour autant. Cette peur ne les refroidirait pas non plus.

Et puis, d'instinct, Démosthène savait qu'un être humain était en danger. Un être humain traqué par cette chose qui lui faisait peur.

Cela lui suffisait pour qu'il veuille anéantir cette chose!

Le monstre allait la rattraper. Jennifer le sentait derrière elle, elle entendait son souffle, elle sentait ses mains sur sa peau. Elle courait et des larmes coulaient sur son visage. Pourquoi papy n'arrivait-il pas? Et maman? Et pourquoi papa était-il mort? Pourquoi ne se retrouvait-elle pas chez elle, là où les bonshommes ne dévorent pas les enfants?

Pourquoi Marie n'était-elle pas là pour la défendre?

A l'instant, la voix de Marie explosa dans la tête de la petite :

– *Couche-toi! Couche-toi, Jennifer!*

Jennifer ne comprit pas. Elle venait de se prendre le pied dans une souche et une douleur effrayante fulgurait dans sa cheville. Elle s'écroula à la seconde même où Mathy abattait sur sa nuque une énorme pierre. Le caillou la manqua. Son poursuivant la heurta, trébucha sur elle, s'étala lui aussi.

Jennifer s'était cogné le menton. A moitié assommée, elle tenta de se relever, mais sa cheville céda. Elle cria de souffrance. Elle ne voulait pas. Elle...

Elle se tut. Son cœur se glaça. Le monstre se relevait, se tournait vers elle, tendait ses mains ouvertes pareilles à des serres...

René Mathy fit un pas. Une tempête battait sous son crâne. Le Maître... Il ne voulait pas lui céder. Il ne voulait pas violer cette enfant..., commettre ce meurtre... comme il avait commis les deux autres... Des éclairs de lucidité lui parvenaient à travers le brouillard qui anihilait sa volonté. Nicole Terrier... Le garçon à la moto... Il avait tué le garçon. Il avait violé la fille... Il avait enfoncé ses dents dans sa gorge alors qu'il se trouvait encore au creux de son sexe. Il l'avait tuée, avait bu son sang tout en la possédant... Le désir... L'érection lui déchirait le ventre comme la souffrance lui déchirait le cerveau... Une enfant, une fillette... Elle était faible, impuissante. Et jolie... Et nue... NUE... Il voyait son ventre, sa fente entre ses cuisses toute bronzées. Sa petite fente...

— Non... Non! haleta Mathy.

Il joignit ses mains, jusqu'alors ouvertes et menaçantes.

— Non... Pas peur... Pas peur... Pas faire mal... Jolie petite... Veux pas... faire mal... à jolie... petite!

L'être déchaîna toute sa puissance. René Mathy tomba une nouvelle fois à genoux. Il se labourait le visage de ses ongles, son sang coulait sur ses joues.

— Non... Veux pas! Veux... pas!

Jennifer recula dans l'herbe. Elle assistait sans comprendre à cette lutte de l'homme contre quelque chose de monstrueux. Elle devinait que ce quelque chose désirait que l'homme la tue, et que l'homme ne le voulait pas. Quelque chose la piqua dans le dos. Elle ne pouvait aller plus loin. Les ronces lui barraient le passage...

Le monstre releva lentement la tête. Son visage s'était transformé, ses yeux n'avaient plus rien d'humain. Jennifer y lut une lueur glauque, insondable.

La lueur de vie de l'être, *du Maître triomphant...*

René Mathy ouvrit largement la bouche. Posséder la proie avant de s'en repaître. Rien d'autre ne comptait... Hagarde, Jennifer vit le monstre sourire. Un sourire horrible. Elle hurla. Le monstre défaisait maladroitement son pantalon. Elle se cacha le visage entre les mains...

Un aboiement féroce retentit, un cri de douleur et de

colère. Jennifer abaissa ses mains, écarquillant les yeux d'incrédulité et de terreur.

Un grand chien de chasse s'était jeté sur le monstre, l'avait pris à la gorge et se roulait sur lui en un combat à mort. Ric et Lord, à quelques mètres, aboyaient furieusement.

— C'est Démosthène! cria Philippe.

Des grondements furieux résonnaient au cœur d'un fourré sombre et dense. Robert Matthieu se précipita, le fusil levé. Du coin de l'œil, il vit son compagnon qui trébuchait dans un abattis épineux et dévalait la pente raide de la colline sur plusieurs mètres, jurant et sacrant comme un possédé. Il ne fit pas attention à lui. Pas le temps!

L'être avait perçu l'approche des humains et des chiens. Mais il était si excité par l'imminence de son assouvissement, de l'achèvement de sa mue, qu'il ne s'en était pas préoccupé. Il s'en voulut férocement. Non qu'il craigne que le chien vainque son complémentaire, mais parce qu'il avait commis une faute inadmissible. De la part d'humains stupides, quoi de plus normal? Mais de sa part à lui!

Fou de rage, l'être se retourna contre le chien de chasse, abandonnant la proie pantelante et nue.

Les crocs de Démosthène s'étaient refermés sur le cou de René Mathy. Mais René Mathy ne sentait rien. Son sang coulait, mais il était invulnérable. Une force suprahumaine le transcendait. La force du Maître... Il parvint à dégager une main de dessous le corps musculeux du chien. Il referma ses ongles sur le fourreau, les enfonça, tordit la chair avec volupté.

Démosthène poussa un épouvantable hurlement et relâcha sa prise. Il bondit en arrière, du sang maculant le poil plus clair de son ventre. René Mathy se releva, son propre cou ensanglanté. Il vit que les deux autres chiens de chasse aboyaient, mais n'osaient pas l'attaquer.

Le saint-hubert se rua à nouveau sur l'homme, son instinct l'emportant sur sa peur et sa souffrance. René Mathy attendait son attaque sans la moindre crainte, avec au cœur la joie impatiente, avide, du Maître. Le chien avant l'enfant. Puis la mue, l'accomplissement...

René Mathy lança ses mains juste avant que Démostène ne soit sur lui. Il saisit le chien autour du cou et serra. Le saint-hubert émit un gargouillement. Mathy l'éleva à bout de bras. Le chien battit désespérément des pattes, essayant de le griffer. Mathy se mit à rire, serra plus fort.

Alors, dominant sa peur, Lord bondit, suivi, avec un temps de retard, par Ric. Le setter enfonça ses crocs dans le bras gauche de l'homme, tandis que l'épagneul attaquait au bas-ventre.

René Mathy hurla comme un goret sous le couteau, et lâcha prise. Le saint-hubert chut sur le sol, se releva, toussant et éructant. Toutes ses volontés agressives s'étaient envolées. Il recula, la queue entre les pattes, tendis que l'homme se retournait sur les deux autres chiens.

Une oreille à demi-arrachée, Lord rompit le combat. Un coup de pied solidement assené fit s'envoler Ric, qui atterrit contre une souche, dix mètres plus loin. L'épagneul se releva en piaillant et s'enfuit.

René Mathy fit face au setter et au saint-hubert. Il était couvert de sang, défiguré par le feu de l'être qui le possédait, lui conférant une vie qui n'était pas humaine. Les deux chiens grondaient, mais lorsqu'il fit un pas vers eux, ils reculèrent. Alors Mathy se tourna vers Jennifer.

Le monstre et l'enfant se regardèrent. Mathy se lécha les lèvres. Il chancelait, mais le Maître commandait. Le Maître voulait qu'il s'accouple avec cette proie, puis qu'il la tue et boive son fluide vital.

Il devait obéir au Maître.

Les hurlements de Jennifer atteignirent à l'insoutenable quand Mathy entreprit d'arracher ses vêtements souillés de sang...

— Non ! gémit Robert Matthieu. Mon Dieu, s'il vous plaît, non...

Les cris de sa petite-fille, tout proches, le perçaient comme autant de coups de poignards, lui donnaient l'énergie de s'arracher à l'étreinte du roncier. Sa veste de chasse se déchira, les longues épines lui lardèrent les bras.

– Jennifer, je suis là ! cria-t-il.

D'autres épines lui déchirèrent la joue, le front. Il fonça, tel un sanglier furieux, poussant un grondement inarticulé...

Et tout à coup, les fourrés cédèrent. Il vit René Mathy, debout devant lui, nu, son corps maculé de traînées de sang.

Il vit Jennifer, qui gisait sur la mousse, pareille à une poupée brisée...

Pendant une interminable seconde, ni Robert Matthieu ni René Mathy ne firent un mouvement. Il sembla à Robert que, durant ce laps de temps, des milliers de pensées, de sentiments, traversèrent son cerveau. Jennifer violée... Tuée... Mathy nu, qui proférait des sons animaux, de la bave coulant de ses lèvres... Le sang, l'horreur, l'incrédulité. Le refus de l'atroce évidence. Puis un désespoir sans borne, une lame de douleur et de haine, de folie. Il leva son fusil.

René Mathy vit la petite gueule noire braquée sur lui. Un intense soulagement l'envahit, une impression de béatitude, d'accomplissement.

– S'il vous plaît, balbutia-t-il. Tuez-moi... Tuez-moi...

La détonation du fusil à pompe emporta ses paroles. Ses pensées s'anéantirent.

Celles du Maître *les remplacèrent*.

Les dents serrées, Robert Matthieu vida le magasin de son arme, criblant de chevrotines, à bout portant, le corps et la tête de René Mathy. Le sang giclait, des lambeaux de chair et d'os s'éparpillaient sur les branches des arbres, les cailloux, la mousse.

Le corps bascula enfin en arrière.

Un silence lourd, irréel, s'étendit sur la forêt. Robert Matthieu abaissa son arme fumante. Son cœur cognait douloureusement dans sa poitrine, sa gorge était si serrée qu'il pouvait à peine respirer.

Il regardait Jennifer. Des images explosaient dans sa tête. Jennifer qui retenait son slip de bain trop large en courant vers les cages à lièvres... Jennifer disparaissant dans sa grande veste de chasse, le jour de l'ouverture aux canards... Jennifer dans la Lada, à côté de lui, riant quand le 4x4 passait sur des ornières en cahotant... « Les voitures japonaises, c'est mieux ! »...

Des larmes brûlantes coulèrent sur les joues mal rasées de Matthieu...

Jennifer poussa un petit gémissement, remua un bras. Alors les larmes de son grand-père débordèrent, et le nœud dans sa gorge se desserra.

— Jennifer, cria Robert en lâchant son fusil, tu es vivante !

Il se précipita vers elle, tomba à genoux, la saisit, avec une sorte de timidité incrédule, comme s'il craignait, effleurant sa peau, de la renvoyer dans la mort où, pendant un instant, il avait cru que Mathy l'avait emportée.

Jennifer ouvrit les yeux, leurs regards se croisèrent.

— Papy..., gémit l'enfant.

Poussant d'énormes sanglots, Robert Matthieu saisit sa petite-fille, la serra contre sa poitrine, la berça, couvrant de baisers sa chevelure blonde, caressant son dos nu et froid, chassant de sa peau les brindilles et les petits cailloux qui s'y accrochaient.

— Jennifer... tu es vivante, murmura le vieil homme. Tu es vivante... vivante...

Un bruit résonna derrière lui. Il tourna la tête.

René Mathy, ou plus exactement une caricature ignoble de ce qui avait été René Mathy, une créature de cauchemar humanoïde, sanglante, sans visage, s'avançait, les mains tendues, la bouche ouverte découvrant des crocs de loup.

Robert Matthieu serra plus fort Jennifer contre lui et sut qu'ils allaient mourir tous les deux.

L'être avait mobilisé toute son énergie, toute sa haine, à l'instant où il avait senti que la vie de son complémentaire s'enfuyait. Il pouvait, durant un temps assez court, substituer à cette vie enfuie ses facultés, pour agir sur la dépouille charnelle et lui faire accomplir sa tâche. Mais ce temps lui suffisait largement. La proie était là, à sa portée, et ce n'était pas la présence de l'autre humain qui pouvait l'arrêter. Mort, l'René ne pouvait être vaincu. Il balayerait l'homme, puis sacrifierait l'enfant. Il ne s'accouplerait pas avec elle, certes, il ne le pouvait plus, mais après tout, quelle importance? Dans quelques instants, la mue serait accomplie, l'être aurait trouvé sa nouvelle forme, ce monde serait à lui et toutes ses créatures. Il pourrait vivre tous les plaisirs, en inventer de nouveaux. Il était le MAL, le Mal triomphant, et les hommes seraient ses esclaves.

Il s'avança vers Robert Matthieu agenouillé, dont le souffle de vie lui appartenait déjà...

Mais à l'instant où la main du René allait se refermer sur sa gorge, un choc effroyable fit reculer l'être. Une souffrance cosmique s'empara de lui, le distordit, le broya.

Avec stupeur, l'être considéra la femme qui venait d'apparaître et qui lui hurlait de rester en place, de ne pas bouger... Qui le lui hurlait DANS SA PROPRE LANGUE...

Marie fit deux pas dans la clairière. Elle ressentait toute la nature de l'abjection qui possédait le corps de l'homme, là, devant elle. Elle la reconnaissait et, pour elle, c'était presque un soulagement.

— On se retrouve, hein! émit-elle télépathiquement. Tu as mille formes, mille présences. Tu es toujours différent, mais tu restes le même. Eh bien tant mieux. On va voir qui l'emportera, cette fois!

Robert Matthieu reculait en tenant toujours Jennifer contre lui, il cherchait à reprendre son fusil, et la considérait avec une sorte de stupeur superstitieuse dans le regard…

Le Mal attaqua. Ce fut si soudain qu'elle faillit se faire surprendre. Le corps de René Mathy se jeta en avant, ses ongles visèrent ses yeux, sa gueule était ouverte et claqua à quelques centimètres de son cou. Mais Marie s'était baissée. Elle se releva brusquement, et son épaule heurta la poitrine du mort-vivant. Des os se brisèrent. Mathy fut repoussé en arrière et heurta le tronc d'un chêne.

Marie se pencha en avant sur ses jambes écartées, tendit les bras. Du fond de son être, de son essence magique, lui venaient les formules de conjuration pour anéantir le maléfice vivant qui se ruait à nouveau sur elle. Elle les prononça avec une jubilation voluptueuse.

Robert Matthieu assistait à ce duel sans rien y comprendre. Il refusait ce qu'il voyait, et savait que c'était pourtant réel. Mais cette réalité n'était que folie, et il se demanda, s'il devait survivre, s'il lui serait possible de retrouver une forme de pensée cohérente. Il voyait Marie, et Marie n'était plus humaine. Son corps était transfiguré, spectral. Il semblait flotter au-dessus du sol, ondoyer dans une autre dimension. Les cheveux noirs de la jeune femme formaient une masse de feu sombre, d'où irradiaient des ondes qui frappaient de plein fouet Mathy. Celui-ci titubant, déchiré, déchiqueté, persistait tout de même à attaquer, comme si l'anéantissement de son adversaire devait lui rendre la vie.

Machinalement, Robert repoussa Jennifer qui regardait de tous ses yeux, paralysée de terreur, et rechargea son fusil. Il savait pourtant que ça ne servirait à rien. Des armes humaines ne pouvaient vaincre la sorcellerie.

Marie sentit la rage maléfique l'environner, et elle redouta de ne pouvoir soutenir longtemps cette lutte. Elle douta de ses capacités, de son pouvoir, de sa force. Et le Mal fut sur elle. René Mathy la bouscula, ses mains se refermèrent sur son cou.

Désespérément, Marie pensa à Ed, à Jeanne, à toutes les sorcières qui l'avaient précédée dans sa tâche, à Thomas, qui lui avait révélé sa vraie nature.

Elle pensa à Philippe...

Une force nouvelle flamba en elle, sublimant tout son être, toute son *âme*. Elle s'évada de son corps, échappa au monde, à ses dimensions étriquées, à sa faiblesse humaine. Elle fut déesse, elle fut destructrice, feu régénérateur et purificateur.

René Mathy roula au sol, comme soufflé par un ouragan.

Robert Matthieu et Jennifer reculèrent pour échapper au souffle embrasé qui déferlait sur la clairière.

Philippe, qui émergeait des broussailles, tomba à genoux et contempla, les yeux exorbités, son amante qui s'était muée en une flamme palpitante, d'où jaillissaient des éclairs qui réduisaient Mathy en charpie...

La paix revint sur la forêt aussi soudainement que s'était déclenchée la tempête. Marie retomba sur le sol, gémissante, et ne bougea plus. Un long instant passa. Le premier, Philippe parvint à faire un geste : il braqua sa carabine sur Mathy. Mais René Mathy n'eut même pas un frémissement. René Mathy n'était plus qu'un cadavre en lambeaux. Son sang et sa cervelle coulaient sur la mousse, ses os pointaient en esquilles blanches à travers sa chair rouge.

Robert Matthieu se releva, se tourna vers Jennifer. L'enfant était livide et claquait des dents, mais respirait à peu près régulièrement. Il ôta sa veste de chasse, la lui posa sur les épaules. Puis, le fusil pointé, il s'approcha de Mathy. Du canon de son arme, il retourna l'horrible macchabée. Il regarda Marie. La jeune femme avait repris conscience, se redressait péniblement.

— Il est bien mort, cette fois? demanda-t-il.

Marie acquiesça de la tête. Philippe Lacour se précipita vers elle; la prit par les épaules, l'embrassa.

— Chérie... ça va? demanda-t-il.

Marie ne répondit pas. Il l'aida à se relever. Elle ne parvenait pas à détacher son regard du corps mutilé.

— Oui… il est mort… pour cette fois, dit-elle enfin.

Robert et Philippe tressaillirent.

— Pour cette fois ? Que voulez-vous dire ? demanda Matthieu.

Marie lui jeta un regard vacillant.

— Il était le Mal, souffla-t-elle. Mais *le Mal est immortel*. Il reviendra… Ici… ailleurs… Demain… Il me faudra le combattre toujours et toujours. Le vaincre… En espérant que ce ne soit pas lui qui me vainque.

Les deux hommes la dévisageaient silencieusement. Elle inspira profondément.

— Voilà ce que je suis, dit-elle. Voilà ce à quoi est consacrée ma vie…

Elle se détourna, se dirigea vers Jennifer. Sans que Robert Matthieu ne dise mot, elle la prit dans ses bras et, s'enfonçant à travers la forêt, se dirigea vers la plaine, vers le bourg. Vers les humains…

Au loin, on pouvait entendre les appels des gendarmes. Robert Matthieu jeta un regard au cadavre de René Mathy et songea que les ennuis allaient maintenant commencer…

***

L'être…

Sa patience était infinie. Il avait traversé le temps, l'espace…

Il les traverserait à nouveau. Et sonnerait l'heure. SON heure.

L'heure de la destruction.

L'heure de la revanche…

DÉJA PARUS DANS LA MÊME COLLECTION

1769. *Made, concerto pour Salmen et Bohème (La Bohème et l'Ivraie - 2)* Ayerdhal
1770. *Le Rêveur des Terres Agglutinées (Images rémanentes - 1)* Roland C. Wagner
1771. *Secret of Bashamay (Le Commandeur - 5)* Michel Honaker
1772. *Ross et Berkel (La treizième génération - 1)* P.-J. Hérault
1773. *Comme une odeur de tombeau* Samuel Dharma
1774. *Le profanateur (Les Dossiers Maudits)* Piet Legay
1775. *La Naïa, hors limites (La Bohème et l'Ivraie - 3)* Ayerdhal
1776. *Les enfants de Pisauride* Jean-Pierre Andrevon
1777. *Les enfants de Vonia (Les chroniques de Vonia - 6)* Hugues Douriaux
1778. *Pédric et Bo (La treizième génération - 2)* P.-J. Hérault
1779. *Rasalgethi (La saga d'Oap Täo - 1)* Jean-Marc Ligny
1780. *L'homme-requin (Le Neuvième Cercle - 1)* Jean-Christophe Chaumette
1781. *Ely, l'esprit-miroir (La Bohème et l'Ivraie - 4)* Ayerdhal
1782. *L'ange aux ailes de lumière* Gilles Thomas
1783. *Evil Game (Le Commandeur - 6)* Michel Honaker
1784. *Apex (M 57) (La saga d'Oap Täo - 2)* Jean-Marc Ligny
1785. *La cité sous la terre (Le Neuvième Cercle - 2)* Jean-Christophe Chaumette
1786. *Les éphémères des sables (L'Oiseau de Foudre - 4)* Félix Chapel
1787. *L'Autoroute de l'Aube (Images rémanentes - 2)* Roland C. Wagner
1788. *Le fils du Grand Konnar* Pierre Pelot
1789. *Le gardien du cristal (Service de Surveillance des Planètes Primitives)* Jean-Pierre Garen
1790. *Les ballades du temps futur (Les chroniques de Vonia - 7)* Hugues Douriaux
1791. *Bérénice (La saga d'Oap Täo - 3)* Jean-Marc Ligny
1792. *Aoni (Le Neuvième Cercle - 3)* J.-C. Chaumette
1793. *Le cri du corps* Claude Ecken
1794. *L'Antre du Serpent (Les Antipodes - 1)* Michel Pagel
1795. *Troll (Le Commandeur - 7)* Michel Honaker

1796. *Sur la piste des Rollmops (Konnar et Compagnie - 2)* Pierre Pelot
1797. *La prophétie (Le Neuvième Cercle - 4)* Jean-Christophe Chaumette
1798. *Panique chez les poissons solubles* Max Anthony
1799. *Le temps de l'effroi (Chronos - 1)* Piet Legay
1800. *Requiem pour une idole de cristal* Louis Thirion
1801. *Le refuge de l'agneau (Les Antipodes - 2)* Michel Pagel
1802. *Rollmops Dream (Konnar et Compagnie - 3)* Pierre Pelot
1803. *Promesse d'ille (Mytale - 1)* Ayerdhal
1804. *Les épées de cristal (Le Neuvième Cercle - 5)* Jean-Christophe Chaumette
1805. *Le monde d'en bas (Troglo-Blues - 1)* Bertrand Passegué
1806. *Viper (La sinsé gravite au 21*)* Red Deff
1807. *Orbret (Les fleurs et le vent - 1)* Hugues Douriaux
1808. *Zelmiane (Les fleurs et le vent - 2)* Hugues Douriaux
1809. *Les amants pourchassés (Les fleurs et le vent - 3)* Hugues Douriaux
1810. *Apocalypse Junction (Le Commandeur - 8)* Michel Honaker
1811. *Gilbert le Barbant — Le retour (Konnar et Compagnie - 4)* Pierre Pelot
1812. *Le guerrier sans visage (Le Neuvième Cercle - 6)* Jean-Christophe Chaumette
1813. *Honneur de chasse (Mytale - 2)* Ayerdhal
1814. *Le temps des lumières (Chronos - 2)* Piet Legay
1815. *Les maîtres des souterrains (Troglo-Blues - 2)* Bertrand Passegué
1816. *Les pirates de Sylwa (Service de Surveillance des Planètes Primitives)* Jean-Pierre Garen
1817. *Le voyageur solitaire (Chroniques des nouveaux mondes)* Jean-Marc Ligny
1818. *La guerre en ce jardin* Richard Canal
1819. *Les fêtes de Hrampa (L'Oiseau de Foudre - 5)* Félix Chapel
1820. *Chroniques du désespoir* Roland C. Wagner
1821. *L'île brûlée* Gilles Thomas
1822. *Dark Spirit (Le Commandeur - 9)* Michel Honaker
1823. *Danger : mémoire* P.-J. Hérault
1824. *L'homme du Sid (Le Monde de la Terre Creuse - 8)* Alain Paris
1825. *Ganja (La sinsé gravite au 21**)* Red Deff
1826. *Le temps des révélations (Chronos - 3)* Piet Legay
1827. *De bitume et de sang (Au nom du roi - 1)* Manuel Essard

1828. *L'ombre des Rhuls (Service de Surveillance des Planètes Primitives)* — Jean-Pierre Garen
1829. *Un été à Zédong (Chroniques des Nouveaux Mondes)* — Jean-Marc Ligny
1830. *L'écume du passé (Le Monde de la Terre Creuse - 9)* — Alain Paris
1831. *Ultime aventures en territoires fourbes (Konnar et Compagnie - 5)* — Pierre Pelot
1832. *Le choix du ksin (Mytale - 3)* — Ayerdhal
1833. *Le cimetière des astronefs* — Michel Pagel
1834. *Celui-qui-n'est-pas-nommé (Le Monde de la Terre Creuse - 10)* — Alain Paris
1835. *Le fouilleur d'âmes* — Michel Honaker
1836. *Ce qu'il y avait derrière l'horizon* — Jean-Pierre Andrevon
1837. *Nivôse (Étoiles Mortes - 1)* — Jean-Claude Dunyach
1838. *Aigue-Marine (Étoiles Mortes - 2)* — Jean-Claude Dunyach
1839. *Astronef Mercure (Service de Surveillance des Planètes Primitives)* — Jean-Pierre Garen
1840. *Les mondes furieux* — Albert Higon
1841. *Chien bleu couronné* — Raymond Milesi
1842. *Espion de l'étrange* — Karel Dekk
1843. *D'un lieu lointain Soltrois* — Gilles Thomas
1844. *Roche-Lalheue* — Hugues Douriaux
1845. *Demain, une oasis* — Ayerdhal
1846. *Albatroys* (Chroniques des Nouveaux Mondes)* — Jean-Marc Ligny
1846. *Cette crédille qui nous ronge* — Roland C. Wagner
1848. *Une si jolie prison (Au nom du Roi - 2)* — Manuel Essard
1849. *Le Loupiot* — P.-J. Hérault
1850. *L'ère du spatiopithèque* — Pierre Barbet
1851. *Orages en terre de France* — Michel Pagel
1852. *Albatroys** (Chroniques des Nouveaux Mondes)* — Jean-Marc Ligny
1853. *L'ouragan des enfants dieux* — François Rahier
1854. *La planète des Lykans (Service de Surveillance des Planètes Primitives)* — Jean-Pierre Garen
1855. *La Chimère infernale* — Albert Higon
1856. *Les colonne d'émeraude* — Jean-Pierre Fontana
1857. *La jungle de pierre* — Gilles Thomas
1858. *Voleurs de silence* — Jean-Claude Dunyach
1859. *Malterre* — Hugues Douriaux

1860. *L'énigme du Squalus* — Piet Legay
1861. *Le monde blanc* — Laurent Genefort
1862. *Le camp des inadaptés (Service de Surveillance des Planètes Primitives)* — Jean-Pierre Garen
1863. *L'oreille absolue* — Michel Honaker
1864. *Psychosphère* — G. Morris
1865. *Le gymnase de l'ogre* — Marc Lemosquet
1866. *La cité des Mille Plaisirs (L'anneau de feu de Gundhera - 1)* — Hugues Douriaux
1867. *Le vaisseau-démon* — Albert Higon
1868. *Le désert des cendres (Chroniques de la Lune Rouge - 5)* — Alain Paris et Jean-Pierre Fontana
1869. *Le monolithe noir* — Bertrand Passegué
1870. *La déesse de Cimbariah (L'anneau de feu de Gundhera - 2)* — Hugues Douriaux
1871. *Le syndrome des baleines (Le chant du drille - 1)* — Ayerdhal
1872. *Elaï* — Laurent Genefort
1873. *Métacentre* — Bertrand Passegué
1874. *Le monstre de Palathor (L'anneau de feu de Gundhera - 3)* — Hugues Douriaux
1875. *Le mystère Lyphine (Le chant du drille - 2)* — Ayerdhal
1876. *Révélations interdites* — Piet Legay
1877. *Horlemonde* — Gilles Thomas
1878. *Le gouffre du volcan (L'anneau de feu de Gundhera - 4)* — Hugues Douriaux
1879. *Les possédés du démon (Service de Surveillance des Planètes Primitives)* — Jean-Pierre Garen
1880. *Labyrinth-Jungle* — Oscar Valetti
1881. *Les compagnons de la lune blême* — Roger Facon
1882. *Rinocérox* — Serge Brussolo
1883. *Recyclage* — Jean-Pierre Garen
1884. *Les peaux épaisses* — Laurent Genefort
1885. *Deltas* — Alain Le Bussy
1886. *Cybione* — Ayerdhal
1887. *La porte des serpents* — Gilles Thomas
1888. *La mandragore* — Piet Legay
1889. *Penta* — Dominique Brotot
1890. *Hors normes* — P.-J. Hérault
1891. *Saigneur de guerre* — Manuel Essard
1892. *Plug-in* — Marc Lemosquet
1893. *Les gardiennes d'espérance* — Pierre Debuys
1894. *Capitaine suicide* — Serge Brussolo
1895. *Mission secrète (S.S.P.P.)* — Jean-Pierre Garen
1896. *L'ombre et le fléau* — Oscar Valetti
1897. *Mascarad-City* — Lucas Gorka

Cet ouvrage a été composé par EUROCOMPOSITION
à 92310 Sèvres, France
et achevé d'imprimer en décembre 1992
sur les presses de Cox & Wyman Ltd.
à Reading (Berkshire)

— N° d'impression : 8761. —
Dépôt légal : janvier 1993
Imprimé en Angleterre